JN227998

マーガレット
カプレー
クライド

ケヴィン
ジュラ
フェルド

「ニッコウキスゲ」
「わかってる。行こう、オコジョ」
朝日の訪れと共に、今日一番の難所へと挑む。

最強ポーター令嬢は好き勝手に山で遊ぶ

～「どこにでもいるつまらない女」と言われたので、誰も辿り着けない場所に行く面白い女になってみた～

1

富士伸太　イラスト：みちのく.

CONTENTS

最強ポーター令嬢は好き勝手に山で遊ぶ

～「どこにでもいるつまらない女」と言われたので、誰も辿り着けない場所に行く面白い女になってみた～

巡礼届

神話の時代のトレッキングシューズ

巡礼者

役割	性別	年齢	氏名

同行冒険者

役割	性別	年齢	氏名

装備・魔法等

- □
- □
- □
- □
- □

備考

太古の昔、大地は混沌（こんとん）としていた。

雲は憤怒（ふんぬ）の雷を落とし、海は怨嗟（えんさ）の波を叩（たた）きつけ、地の底は慟哭（どうこく）に打ち震える。その度に大地は傷つき、やがて傷より生まれた膿（うみ）は魔物という形で地表に現れ、暴虐の限りを尽くした。

それに抗（あらが）おうとする人々もいた。寄（よ）る辺（べ）なき民を集めて国を勃興（ぼっこう）し、剣を振り、魔法を唱え、生き延びるために立ち上がった。だがその度に自然の猛威や魔物に打ち砕かれ、あるいは人間同士の内紛によって滅びた。

これは神話ではなく学術的な話だ。五万年前から一万年前までの激動の時代の名残は、海の底や溶岩の中に埋もれた廃墟（はいきょ）都市、地中深くを掘り進んだ場所に現れる地層、奇跡的に残った石板や聖遺物をもとに研究されてきた。

それでは、一万年前から現代に至るまでの話はどうなのだろうか。

ここからは少々、学術的な話から逸（そ）れる。一万年前を境に、神話の時代が訪れたからだ。

太陽神ソルズロアの降臨である。

ソルズロアは天界から大地の惨状を目にして落涙し、そして神々や精霊、そして人間たちを呼び集めて嘆願した。どうかこの大地に平穏をもたらすことはできないかと。

ソルズロアより古くから存在した神々の多くは、一笑に付した。大地が滅びるならば星々を駆けて新天地を目指せばよい話であった。彼らはやがて邪神と呼ばれるようになった。

精霊の態度は様々で、諸手（もろて）を挙げて喜ぶ者もいた。憤怒と慟哭を好む悪（あ）しき精霊は反発した。ただ状況を無邪気に面白がる傍（はた）迷惑な精霊もいた。

人間たちはソルズロアを信じる者と疑う者とに分かれたが、その望みはどちらも同じであった。

平穏が訪れますように。

祈りは神に力を与える。

だが祈りにも形というものがある。当初は闇雲（やみくも）なもので、ソルズロアに届く祈りは僅（わず）かであった。祈りの言葉は揃（そろ）わず、祈りを向ける場所も方向も揃わず、心の中に思い浮かべる神の有り様さえまちまちであった。

だがやがてソルズロアを信奉する人々が集まり、祈りがどうあるべきか模索し始めた。

人々の祈りの形は収束し、作法として整えられ、よりよい祈りとそうでない祈りとに分けられるようになり、やがて人々は気づいた。

ソルズロアが住まう天界は遠く、人々が都市を築いた平地からでは祈りの声がぼやけてしまい、よくよく届くことはないと。

それゆえに天界……つまり太陽により近く、より清浄なる魔力が集まる場所での祈りがもっとも効果があると判明した。

つまりは、山頂である。

人々は祈りを捧（ささ）げるために険しい山を歩き、その頂（いただき）を目指した。そこで人はソルズロアに祈り、ソルズロアは祈りを力に変えて邪悪な神々から世界を守り、そして大地の傷を癒（いや）す。

この営みこそが聖地巡礼であり、山の頂を目指す者は巡礼者と呼ばれた。

だが、聖地に至るまでの道のりはあまりにも困難であった。

平地とは比べ物にならないほど激しい風と雨と雪。森林限界を越えた先では食料を手に入れることもままならない。急峻（きゅうしゅん）な岸壁ばかりで、命がけで登らなければならない山も多い。

さらにはその大いなる山の魔力を求めて魔物が集まるようになった。

その困難さゆえ、世界最高峰『天魔峰（てんまほう）』の山頂に辿（たど）り着いた者は、今まで誰もいなかった。

それでも人は諦めることなく様々な聖地で祈り、大地を鎮めて悲劇を食い止めてきた。

輝かしい成果ゆえに、誰もが聖地巡礼の在り方に疑問を思わなかった。巡礼が始まったばかりのときの多様性は失われ、伝統の名のもとに数百年もの間、巡礼の流儀（スタイル）は進化することはなかった。

ソルズロア教の神聖な白衣に身を包み、神官によって祝福された木製の杖（つえ）を携え、そして足には固い木製の靴底の革靴、あるいはサンダルと靴の中間のような、軽快だが防寒性と防御力においては少々頼りない履物を履いて山を歩き続けた。

外傷、凍傷、そして蓄積した疲労がもたらす慢性的な膝や足腰の故障に悩まされながら彼らは一歩でも遠く、少しでも高く、進み続けた。魔物を倒す冒険者たちを率いて、見果てぬ高みへと旅を続けた。

だがそれは果たして、この世界を守ろうという崇高な意志だけが為（な）せる業であろうか。

聖地巡礼とは平穏という実利のためにひたすらに苦痛と疲労に耐える難業なのだろうか。

いいや、違う。人が魅せられたのは、平穏な世界だけではない。

根源的な旅への欲求。

ここではないどこかへ辿り着いたときの高揚。

もちろん巡礼者たちが平穏のために自らの命を顧みず危険な地へ足を踏み入れる聖なる人々であることに疑いようはない。

だとしても、こう思うことは決して悪徳ではないはずだ。

巡礼者たちの心にこの想(おも)いがあるからこそ、聖地巡礼を成し遂げることができたのだから。

旅は、楽しいのだと。

崇高なる人々に対しても、旅と冒険を求める人々に対しても、私たちは祝福し、そして守りたい。

それこそが私たち『オコジョ＆カピバラ』のブランド・フィロソフィー。

比類なき熟練の技術と、前例に囚(とら)われない型破りな発想で、初めて山に足を踏み入れる敬虔(けいけん)なる乙女たちの足を守り抜く。

巡礼者用品総合ブランド『オコジョ＆カピバラ』トレッキングシューズ。

レディースモデル『マーガレット』。

低山ハイキングから森林限界より上の岩稜帯(がんりょうたい)まで様々な地形に対応し、スリーシーズンの日帰り登山のほぼすべての状況をカバー。

特殊素材のソールは様々な地形に対応して転倒を防ぎ、高い撥水透湿(はっすいとうしつ)性は雨水の不快感と低体温症から巡礼者を守る。

この靴は、騎士ではない。あなたのために剣を振るうことはできない。

この靴は、白馬ではない。あなたのかわりに走ることはない。

それでもこの靴を履くとき、あなたは決して一人ではない。

あなたが初めての一歩を踏み出すとき、優しく、そして力強くあなたを支えることだろう。

それの先に偉業があることを、今や誰もが知っている。

人類史上初めて世界最高峰『天魔峰』の山頂に辿り着いた聖女も、巡礼者を志した瞬間、『マーガレット』をパートナーとして選んだのだから。

新しい靴、新しい巡礼、新しい自由な旅が、あなたを待っている。


巡礼者用品総合ブランド『オコジョ＆カピバラ』直営店、カピバラストア。

伝統的な巡礼者の装備は無骨なもので、戦士や魔法使いの装備を売る武具店と同じカテゴリーにあるはずだが、この店は一風変わった店構えであった。

なんと職人街や商人街ではなく、若者が行き交う煌(きら)びやかな王都のメインストリートの一等地に突然出店したのだ。

そして、立地に負けず劣らずの華やかな佇(たたず)まいをしている。

ブランドの名前通りのオコジョとカピバラを抽象化したロゴマークは可愛(かわい)らしく、まるでブティックや喫茶店のようでもある。内装は、木目調の落ち着きのある雰囲気と、太陽の光を取り込み明るく開放的な雰囲気を両立させている。

そこに一人の少女が、いかにも初めて来ましたという緊張感を漂わせて店内を巡っていた。

「お客様、何かお探しですか？」

朗らかな顔をした老齢の店員から話しかけられ、少女は安堵（あんど）した。

自分が初心者特有の無自覚かつ無礼な振る舞いをしていて追い出されたらどうしようという恐怖がほんの少し和らぐ。

「実はスライム山に行こうと考えてて……上手（うま）くいったら、もっといろんな山や聖地に行きたいなって思ってて……」

「聖地巡礼を始められるのですね、それは素敵なことかと」

老齢の店員は、半分は営業スマイル、そしてもう半分は若い初心者を見守る熟練者の慈悲の笑みを浮かべて案内を始めた。

「はい。聖女オコジョ様に憧れて……。でもどんな靴がいいかもわからなくて……。がっしりした靴を買えって人もいるし、軽い靴や普段履きのもので問題ないって人もいて、全然わからなくって」

「初めての人へのおすすめはございますが……まずは試し履きされてはいかがですか？　専用の靴下もお貸ししますので、履き心地を確かめていましょう」

「専用の靴下なんてあるんですか？」

「ええ。厚手になっていて、靴ずれを防いだり足の疲れを軽減するんです」

店員は少女を椅子に座らせ、試し履き用の靴下や足のサイズの計測器を用意しながら話を続けた。

「スライム山から入門して、さらに上を目指すのでしたら……初心者向けモデル、『マーガレット』などがおすすめですね。色もサイズも各種取り揃えておりますよ」

老齢の店員は、商品棚から一足を選び少女の前に差し出した。

くるぶしまで覆う、がっしりとした靴だ。

だが明るいイエローのアッパー、温かみのあるオレンジ色の靴紐、曲線を意識した形状や縫製のおかげで、無骨さはまったくない。

「へえ……意外と可愛い……！」

「他の色や他のモデルもございますよ。いくつか持って参りますので、少々お待ちくださいませ」

店員がそう言い残してバックヤードに向かい、在庫の靴を探し始めた。

けれど少女は、『マーガレット』を一目見ただけで心奪われていた。

この靴を履いて山を歩く自分を想像してしまっていた。

(でも、他にもいい靴があるかもしれないし……お金もそんなにあるわけじゃないし……)

少女は、財布の入ったバッグの持ち手をぎゅっと握りしめた。

そうしなければいくらでも買いたくなってしまう。今でさえいろんなものに目移りしているのだから。

ザックは親のお古を譲ってもらったから買わなくて大丈夫。

レインウェアも先輩から安く売ってもらう予定だ。

だから色とりどりのウェアやギアの誘惑を直視してはいけない。

少女は渾身（こんしん）の力で商品棚から目を逸（そ）らして、店内の上の方を見る。

そこで少女は、あるものを見つけてしまった。

カウンターの上の、ガラスケースに飾られた靴を。

客が会計をするとき、確実にその目の中に入るよう設置されている。まるで貴族の書斎に飾られている賞状や勲章のように、誇らしげに。

その靴は、店員が見せた『マーガレット』と同じイエローを基調としたカラーリングだが、漂わせる雰囲気は正反対だと少女は感じた。

『マーガレット』は初心者のための親しみやすさを意識していたが、こちらは無骨で、頼り甲斐（がい）のある、まさにプロの履く靴である。くるぶしを覆う普通の登山靴よりもさらに高さがある。あれでは足首も動かないのではないかと心配するほどだ。

「あれはモデル『カプレー』。上級者向けの最上位モデルですね」

靴を見つけた店員が戻ってきて、静かに解説を始めた。

「カプレー……」

「あの靴、誰が履いていたかご存知ですか？」

「え？　誰がって言われても……」

突然の質問に、少女は答えに窮した。

だが言われてみれば確かにその靴は新品ではない。誰かが履いていた形跡がある。

丁寧に手入れはなされているものの、細かい傷やほつれが誰の目にもわかるほどだ。

この店が誇らしげに飾るということは、この界隈で有名人なのだろう。

少女が知っている有名人はそこまで多くはない。そしてこの形の登山靴を履いた有名人など、一人しか思い浮かばない。

もしや、まさか、という考えが少女の頭をよぎる。

そんな少女に向けて、店員が茶目っ気のある微笑みを浮かべた。

「ヒントをあげましょうか。あなたが憧れている人です」

「えっ、そ、それじゃあれって……オコジョ様の靴……!?」

「そう。これは、聖女オコジョ様が天魔峰を巡礼したときのものです」

「ホントに!?」

少女の目が爛々と輝き、思わず大声を出してしまった。

「あ、えっと、すみません、何でもありません」

周囲の客たちが大声に驚いて少女を見るが、すぐに何でもないと察して視線を戻す。

少女は羞恥でうつむくが、老齢の店員はむしろ嬉しそうに語り始めた。

OKOJO & CAPYBARA
OKOJO & CAPYBARA
OKOJO & CAPYBARA

「こちらこそ驚かせてすみませんでした。ですがあれは、正真正銘の本物ですよ」

「あの靴で……天魔峰に……？」

少女は顔を上げて、まじまじと靴を見た。

その靴を履く、凛々しい聖女の姿を幻視しながら。

「あれが彼女が聖女となる伝説の、最後の靴と言えましょう。そして、あなたが手にしているモデル『マーガレット』が最初の靴ですね。商品パンフレットにも書かれているので、どうぞご覧ください」

「えっと、その……もしかして、聖女様たちのこと、いろいろと知ってるんですか？　もしかして、オコジョ様やカピバラ様に会ったことがあるとか……」

少女の質問に、店員ははっきりとした答えを言わなかった。

「そうですね……なんと言うべきでしょうか……大陸最高峰、最高難易度の『天魔峰』を無殺生攻略した偉業は末永く語り継がれることでしょう。彼女たちと出会ったことのない人は、偉人や超人のように感じることでしょう。しかしながら……」

「しかしながら……？」

店員は意味深に言葉を切った。

どんな言葉が出てくるのかと、少女はごくりと唾を飲んだ。

「ちょっと変わっているところはあるものの、優しく、素直で、よい子たちなんです」

巡礼の流儀に革命をもたらした時代の寵児(ちょうじ)は、今なお多くの人々に親しまれている。

聖女オコジョと、聖女を支えた靴職人カピバラ。

数奇な運命を辿る二人の少女の出会いは華々しい伝説からはまるで想像できないほど、それはそれはひどいものであった。

最強ポーター令嬢は好き勝手に山で遊ぶ

～「どこにでもいるつまらない女」と言われたので、誰も辿り着けない場所に行く面白い女になってみた～

巡礼届

フラれたから山に登る女

巡礼者

役割	性別	年齢	氏名

同行冒険者

役割	性別	年齢	氏名

装備・魔法等

- □
- □
- □
- □
- □

備考

「キミとの婚約は破棄する」

一七歳の春。

見事にフラれた。

「……本気？」

「本気だよ。カプレー＝クイントゥス」

私はカプレー＝クイントゥス。

没落貴族の娘で、ドラマティックな人生とは無縁の少女。

髪は大して珍しくもない黒髪の長髪で、背は低い。

顔立ちも正直言って地味なほうで、学校でも夜会でも隅っこの方が落ち着く。

そんな私が学校のベランダで婚約者と二人きりになった。

思わせぶりな状況でどんな話があるかと思いきや別れ話だったのは、とても腹立たしい。

「他に好きな人でもできたの」

「ああ、そうだ」

ケヴィンは、流れるような金髪をかきあげるように額に手を当て、苦悶の表情を浮かべた。

もっとも、予想できない話でもなかった。ケヴィンの家が傾いていたとき私の両親が援助したことがきっかけで成立した婚約だ。しかし今や力関係は逆転し、ケヴィンの家は急成長。一方でこちらの家は流行病で両親が亡くなり、落ち目もいいところだ。今さら律儀に守るメリットのある約束ではない。

この状況では、泣いてすがって婚約破棄を取り消してもらうなり、あるいは彼の罪悪感を掻き立てるような湿っぽい仕草を求められているのだろう。

ケヴィンは、どこか芝居がかった振る舞いや派手なイベントが好きな人だ。日常に感動やドラマティックなものを求める人で、それは私を含めて誰に対してもそうだった。サプライズが大好きなタイプで、悪い人ではないけれど、そろそろ私も疲れた。

「話はわかった。ただ約束を反故にする以上、こちらも求めるべきところは求める。それでいい？」

「……キミは悔しがりさえしないんだな」

「悔しがってほしくてこんな話を始めたの」

私の言葉に、ケヴィンが引きつった顔を浮かべた。

してやったりという気持ちと、やってしまったという気持ちが同時に浮かぶ。

「苦手だったんだ。そういうところが」

「そういうところ？」

「何をしても無感動で、面白くなさそうなところが」

ケヴィンは声を絞り出すように話した。

「どこにでもいるような地味な顔と服装。こちらが華やかなことをしても、キミを喜ばせようとしても、ちっとも喜んでくれないし気遣いをわかってくれない……。キミと一緒にいてもつまらない。

「人生の張り合いがないんだよ」

　なるほど、確かに彼は彼なりに気遣いをしてくれていたのだと思う。

　学生寮のキッチンとリビングを装飾して寮生のサプライズの誕生パーティーを仕掛けたり、友人カップルのプロポーズを成功させるために間男を演じたこともあった。私にもいろいろとサプライズを仕掛けてくれた。

　……後始末が大変だった。

　いきなり予定外の仕事をさせられた寮母に頭を下げるのは私だったし、片付けをしたのも私だったっけ。ケヴィンが本物の間男だと信じて、「婚約者として手綱を握ってくれなければ困る」と私が文句を言われたこともあった。婚約者として支えようとできるだけのことはした。

　ただ、余計なことだったんだろう。

　彼の華麗さを信じて後始末も苦にしないか、あるいは後始末なんて誰かに丸投げして、ただ彼を褒め称(たた)えられたなら、彼とよりよい関係が築けたのかもしれない。私にはそれが無理だった。

「それで、面白い女と一緒になりたいと。えっと……マーガレットさん？」

「な、なんでそれを」

「なんでもなにも、噂(うわさ)くらい耳にしてる。そろそろ出てきたら？」

　その言葉に、彼の後ろから一人の少女が出てきた。

　金髪の、小柄で可愛(かわい)らしい子だ。

清楚な白のブラウスに優雅な赤のフレアスカート、そして日焼けを気にしているのだろうか白手袋を嵌めている。そんなお嬢様然とした佇まいながら、目に宿る意志は強い。負けん気の強そうな瞳で私を射貫かんばかりに睨みつけている。

「もうご存知みたいだけど、わたしがケヴィンの婚約者になったの。彼はわたしのお父様の騎士団に入って、ゆくゆくは立派な騎士になるの」

その意志の強さは親譲りなのだろうかと思った。マーガレットはちょっとした有名人だ。いや、正確には有名人の娘だ。ガディーナ王国随一の豪傑と名高い金獅子騎士団の団長、グスタフ＝ガルデナスが、彼女の父親なのだから。

「そう。おめでとう」

私の言葉に、マーガレットは露骨に機嫌を損ねた。

「……ケヴィンから聞いた通り、本当つまんない女。言い返しもしないの？」

「面倒は苦手」

「面倒が苦手だから、ケヴィンを無視してたわけ？」

「無視？」

後始末を考えるよう注意したことはあるし、それで口論になったこともある。

ただ、無視まではしたつもりはないけれど……。

「聞いてるのよ。あなたがデートの誘いを無視してたとか、誕生日プレゼントのお返しもしなかったとか……」

サプライズのお返しにサプライズをすることを期待されて、私はそれができなかった。迷惑度を考えると厳しかった。でもプレゼントは毎年毎年ちゃんと贈っていたし、季節のイベントは常に一緒にいた。何もしなかったというのは嘘（うそ）だ。

「ケヴィンはいつもあなたのことで悩んでたわ。……あなた、ケヴィンに愛されてるのに、ケヴィンのことが好きじゃなかったのね。こういう結果になっても、文句はないでしょう」

私の視点の話をしたところで、マーガレットは信じないだろうな。

私が悪妻……いや、悪婚約者であるかのような話を膨らませてマーガレットに囁（ささや）けば、マーガレットに限らず多くの人は信じると思う。彼の情熱的な語り口は、たとえ嘘でも心が揺らぐ。だからこそサプライズによる迷惑もなんとか許されてきた。

「わたしもこの人も、家のお金や身分ばかりが目当ての人に辟易（へきえき）していたわ」

「……そう」

マーガレットのような騎士団長の娘ともなれば、金や地位が目当ての求婚も多かったんだろう。

今、ケヴィンの夢は騎士になって活躍することだと話しても、信じてはもらえないだろうな。

まあ、彼の場合は出世したいとかお金が欲しいとかではなく、目立ちたいという気持ちが強い。そう考えるとあながち嘘でもないのかな。

「ケヴィン」

「なんだ。カプレー」

彼は強気な態度で言葉を返す。

だが私は、彼の目が泳いでいるのを確かに見た。

なんだ、わかってるじゃないか。

自分が嘘をついてることを。

「面白い女が好きなら、そうだと言えばよかった。面白いことを楽しむ度胸があるなら、そんなのいくらでも味わわせてあげたのに」

ケヴィンが、私の言葉に驚愕した。

「……カプレー。もしかして、まだあんなことをしたいと思っているのか？　信じられないよ」

ケヴィンが、吐き捨てるように言った。

「あんなこと？」

マーガレットが不思議そうに尋ねた。

どうやら彼女にはまだ私の悪癖、もしくは夢について話をしていなかったようだ。

もっとも、つまらない女だという愚痴は言っていたようだが。

「カプレーは昔、旅をして山へ行きたいと言ったんだ」

「へえ、巡礼者になりたいの。案外信心深いのね」

マーガレットが見直したようにこちらを見た。

だがケヴィンが呆れ気味に肩をすくめた。

「そうじゃない。彼女は祈りを捧げるような殊勝なことは考えていないよ。仮に祈りを捧げるとしてもそれが目的じゃない。山に行く建前にすぎない」

「……もしかして、魔物を倒すような野蛮な冒険者になりたいっていうの⁉」

巡礼者は、旅の道中で魔物に襲われるリスクに直面する。

そこで巡礼者を守り、剣と魔法で魔物を倒すのが冒険者である。

「ただ登りたいだけ。冒険者になりたいとかじゃない。巡礼者って肩書は山に行くのに便利だとは思うけれど」

マーガレットの顔が困惑に歪んだ。

「えっと、ごめんなさい。何がしたいのか全然わからないのだけど」

「だから、旅をして山に登りたい」

「何のために旅をして山に登るかって聞いているのよ！」

「何のためって言われても」

自分の足で旅をすること。

あるいは馬に乗って遠くへ行くこと。

木や岩に登って、見晴らしの良いところに行くこと。

自然の風景を見ること。

山に登ること。

それを「危ないことはやめてくれ」、「口にするだけでも僕の恥になるんだ。二度とそんなことを考えないでくれ」と言ってやめさせたのはケヴィンだった。

自分で馬に乗っての遠乗りはやめ、どうしても遠出しなければいけないときはケヴィンを連れ、護衛を雇い、馬車に乗った。どこへ行って何をするかという計画に口を出すことも謹んだ。

遊びに行くにしても「どうぞ、あなたの行きたいところへ」と言うことにためらいを覚えなくなり、山に登りたいという話はいつしか口に出すことさえしなくなった。

「……何よ、それ。何が面白いのよ」

ケヴィンの命令も、マーガレットの言葉も、正論なんだと思う。

私の嗜好(しこう)は、きっと異端だ。

何の理由もなく女が旅をするなど常識からは外れている。

「自分が面白いと思うことに、いちいち理由を考えなきゃいけないの？」

マーガレットは私の言葉に、虚(きょ)を衝(つ)かれたような顔をした。

今まで私に向けていた敵意が抜け、表情から険が取れていく。

「マーガレットを惑わせるのはやめろ。つまらない夢を見るキミと違って、マーガレットは面白くて賢い」

「私と違う？」

「詩を吟ずるのも上手(うま)いし、話も面白い。与えられたものを素直に受け取って楽しむ心のゆとりがある。それにマーガレットは治癒魔法だって使える。キミの使えるんだか使えないんだかわからない精霊魔法より遥(はる)かに素晴らしくて、慈しみがある」

ケヴィンは、自慢をするかのようにマーガレットのことを語った。

才色兼備で学校でも有名なマーガレットが隣にいるのはさぞ誇らしいのだろう。

実のところ、私もマーガレットのことは知っている。決して親の七光りだけで目立つ子ではない。学校の中でも精神年齢が高いというか、周囲に見られる自分というものを意識している子で、いつも和気藹々(わきあいあい)とした場の中心にいる。成績も優秀でまさに優等生だ。

眉目秀麗(びもくしゅうれい)のケヴィンとはお似合いのカップルと見られるだろうな。そんな子が、不義の恋に燃え上がるのは少し予想外だったけれど。

「マーガレット。そう言われて嬉(うれ)しい？」

「当たり前じゃない」

「そういう評価をされて喜ぶべきと思い込んでるとかじゃなくて、心の底から嬉しいって思ってるの？」

ケヴィンと私の断絶はここだった。

私も、ケヴィンも、冒険的なことが好きなんだろう。だがその捉え方が大きく違っていた。ケヴィンは多くの人を巻き込み、多くの人に賞賛されるような立派な冒険が好きだ。

だが私は、できるだけ迷惑をかけず、自分の楽しみを追求したい。自己顕示欲がないわけじゃないし褒められたら嬉しいが、名誉を目的としたいとは思わない。誰にも見られることのない登山など、ケヴィンにとっては理解の外であり、もはや暴挙に等しいのだ。

「……行こう、マーガレット。彼女は少しおかしいんだ」

ケヴィンがマーガレットの手を取って、荒々しい足音を立てて去っていく。

まだマーガレットは私と話したそうな迷った素振りをしていたが、ケヴィンに逆らうこともなく消えていった。

「行っちゃった」

今ここにはもう、私しかいない。

強い風が吹いて髪が乱れる。

「フラれたし、山、登るか」

私は独り言を呟き、ベランダから遥か遠くに見える山を見つめた。

その山の名は、天魔峰。

正確な高さはわかっていないが、書物で調べる限りはメートル換算で七〇〇〇を超えているだろう。

聖地の巡礼は山頂の祠で祈ることを義務としているが、天魔峰だけは例外だ。山頂に辿り着くことがあまりに困難なために、五合目の神殿で祈りを捧げれば「天魔峰を巡礼した」と認定される。

恐らくこの世界において、誰一人として山頂に辿り着いた者はいない。

「フラれたし、山、登るか」

前世のときも同じようにフラれて登山を始めたのだ。

だから私は自由に……って、何を考えてるんだ。私は……？

前世って、なに……？

「え、あれ……私は……カプレー＝クイントゥス……なのは合ってる……。けど、そうなる前の記憶が……」

どういうこと？

私ではなかった頃の記憶が、突然頭に駆け巡り始めた。


王都の高級住宅街と商人街の隙間(すきま)の路地を抜けた先の、古ぼけた寄宿舎が私の住処(すみか)だ。建て付けが悪くギイギイと悲鳴を上げる玄関のドアを開けて自分の部屋へと直行し、ベッドへとダイブして大の字に寝っ転がった。

「つまり私、カプレー＝クイントゥスは、小此木彰子(おこのぎしょうこ)という日本人だったっぽいわけだ」

小此木彰子は大金持ちでもなければ貧乏でもなく、日本とかいう国の一般庶民だった。

ただ唯一変わっていたのは、登山が大好きだったことだ。

彼女は結婚を具体的に考え始めた二十代半ばの頃、突然、彼氏に浮気されてフラれた。私かな？

そんな彼女の傷心を癒したのは山だった。

体を動かすのは元々嫌いではなかったようだが、それはそれはドハマりして、三年で日本百名山を制覇した。

さらに日本二百名山や、花の百名山、他にも様々な山に登り、海外の山にもチャレンジした。春夏秋冬、登山ばかりして、その結果、登山雑誌に寄稿したり動画を投稿したり山小屋で働いたりと、フリーの登山家として様々な活動をしていた。

だがあるとき、登山中に地震が起きて滑落した。

その時点で小此木彰子としての記憶は途切れている。

恐らく彼女はそこで死んで、私としてこの世界に転生したのだと思う。多分。

「滑落死か……未練あったのかなぁ、小此木彰子さんは」

なぜ「多分」なのかというと、彼女が私の前世であるという実感があんまりないからだ。

今までの自分の魂や自分の人格が上書きされたり乗っ取られたりした感覚はゼロ。例えるなら、絵巻物や冒険譚を読んだその日に見る、妙にリアルな夢のようだ。

私、カプレー＝クイントゥスとしての記憶の方が遥かにはっきりとしているし、山へ行きたいという思いは私のものだという自覚もある。

「……わからない。何を見てきたかはわかるけど、どう感じていたかはピンとこない」

ただ実感が持てないだけで、転生という現象が起きうるかといえば、多分ある。

私の住む世界には、「私は誰それの生まれ変わりである」などと主張する人が時折現れるからだ。

学校から寄宿舎への帰り道には太陽神を祀る神殿があり、太陽神を主神とする宗教、ソルズロア教には輪廻転生の概念がある。また、古代の王の生まれ変わりだとか、前世は異なる世界の高貴な人物であったなどと吹聴してよからぬことを企む人もいたりする。

基本的に彼らは詐欺師の類だが、中には本物もいる。

過去にマーガレットという、出自こそ不明だがそれはそれは徳の高い女性神官がいた。

一〇〇年ほど前に活動した偉人であり、この世に公衆衛生の概念をもたらした。

アルコールでの殺菌や手洗いによって様々な病気の感染を防ぐことができるという概念を広め、医療に携わる者で彼女を知らない者はいない。

私の婚約者を奪ったほうのマーガレットも、彼女にあやかった名前だろう。他にも数百年に一人くらい現れる偉人の名が地球人ぽかったりするし、彼らが作った物や概念の名前に地球由来くさいものがいくつかある。小此木彰子の記憶がそれに気づかせてくれた。

おまけに魔法が世の中に浸透しているし、地球では想像上の存在とされる精霊とか魔物とかも実在している。この世界においてオカルト的事象は現実なのだ。

もっとも輪廻転生が太陽神様の思し召しなのか、単なる偶然なのかはさっぱりわからないが。

「いや、問題は前世の私のことじゃない。これからどうするかだけど……山に登るだけだったら、今でもできちゃうんだよな……」

というか、実はちょっとくらいならば登ってきた。ちょっと辺鄙（へんぴ）な山奥の、石段を一〇〇〇段くらい登らなければ辿り着かない神殿に礼拝に行くとか、歴史の勉強と称して史跡まで歩いていくとか、安全な場所でのハイキングなどだ。

礼拝や勉強であればそこまでお金もかからない上に、周囲から私の趣味を不審に思われるどころか「信心深く真面目な子」と見られるのでお得だ。

魔物が現れる山にはまだ行ったことはないが、下調べだけはしている。学校の図書館に行って資料を読みふけった。主に、高名な冒険者の冒険録や巡礼者、聖者の紀行文などだ。

ちなみにこれらは資料であると同時に、この世界における一種の娯楽文芸である。まあ売り上げを伸ばすために話を盛りに盛って信憑性（しんぴょうせい）がない書物も多いので、紀行文とは別に無味乾燥な資料や地図の類も読んできたつもりだ。だから多少の知識はある。

そして前世での三〇〇座を超える登山経験も宿った。

行ける。

王都周辺の山だけではない。

目標とする、天魔峰に。

婚約破棄されたことは業腹ではあるが、自由を得た。私を止められる者は誰もいない。

やりたいことやるっきゃない。

「でも長期的に考えると……お金が足りない。道具も足りない」

一〇年以上昔に聞かされた、母の愚痴を思い出す。

あんたのおじいちゃんは巡礼が好きすぎて旅ばっかりしていていっつもお金に困ってたんだから、あんたはそんな風になるんじゃないよと。

そのくせ母は、ていうか父も、おじいちゃんのことを語るときにどこか誇らしげで、目がきらきらしていた。

おじいちゃんは私が生まれる直前に遭難死という非業の死を遂げたようで、顔を見たことはない。ただ思い出という形で、私の心に深く刻まれてきた。

そんなおじいちゃんを偲(しの)んでか、両親は私を連れて、一度だけ家族で山に登ったことがあった。

往復六時間半の行程だった。下山する前に山小屋に泊まったので一日中歩きづめということはなかったが、それにしたって一〇歳くらいの子供に登らせる難易度ではなかったと思う。

「でも、楽しかったな」

あの日見た輝き――山を登った者だけが見える薔薇(ばら)のような光が、今も私の心を焦がしている。

そのことを私は前世の記憶と共に思い出した。

父と母が亡くなって一人きりになって、私はその熱を見て見ぬふりをして漠然と生きてきた。

なんとなくケヴィンと結婚してなんとなく家庭を作るのだろうという面倒くさい将来像をなんと

なく受け入れて、心に灯っていたその火をないものとして扱ってきた。

だがフラれた瞬間、再び風が巻き起こって熾火のように熱を発し始めた。

そんな私の背中を押すように、小此木彰子とかいう私の前世の私が「フロアあったためときましたよ」とばかりに日本全国や海外の登山経験の記憶をプレゼントしてくれた。

自由な魂と情熱、それらを導く技巧という、金と道具以外のすべてが揃った。あるいは揃ってしまったと言うべきか。

「ケヴィンからお金をもらうにしても、時間かかるだろうし……」

婚約破棄の賠償金を得るにしても数ヶ月はかかることだろう。この国も法治国家であり弁護士や代書人が名誉ある職業として扱われているが、それはつまり民事のトラブルにおいても日本と同様、ちゃんとした手順を踏まなければいけないことを意味する。

そんな面倒くさい法的な手続きに頭を悩ませていたとき、あることを思い出した。

ケヴィンへの誕生日プレゼントだ。

「はぁー……手作りの努力が全部無駄になった……代金をもらいたいところだけど……無理だろうな……」

ベッドに寝そべったまま顔を横に向けるとテーブルがある。その上には、青色の革素材が転がっていた。

フェイクレザーのようにも見えるが立派な天然素材だ。とある魔物の革で、ケヴィンへの誕生日プレゼントの素材として用意していたものである。

ちなみにレア素材とかではない。むしろ牛や馬の革より格安で手に入る。色は悪くないが耐久性や手触りの面で劣っているからだ。

「完成の目処（めど）も立ってないし……お金取れるもんでもないか」

この国の女性には、婚約者に手作りのプレゼントを贈るという風習がある。普通はハンカチとかマフラー、帽子といった小物だが、私は今年、ちょっとした大物にチャレンジしていた。

それはマントだ。

最初はジャケットやコートを考えたのだが難易度が高くて諦めた。それでも他の革では出せない色合いのマントは絵になる……はずだったが、未完成もいいところだ。「こんなものを作ったのだから責任を取れ」と言うには苦しい状態である。

かといって婚約破棄をぶちかましてきた元カレへのプレゼントを完成させるのは心情的に果てしなくつらい。気分はまさに、穴を掘って埋めるのを繰り返す刑罰を受ける囚人だろう。

「自分の登山に使う……にしても山でマントは使い勝手悪いしなぁ……。誰かジャケットとかに仕立ててくれたらいいんだけど、革職人の知り合いなんていないし……いや、待てよ？」

わたしは独り言をぶつぶつと呟いていて、あることに気づいた。

挨拶を交わす程度に親しい人という意味での知り合いの中に道具に詳しい人はいないが、婚約者を奪った女を知り合いカウントしてよいならば話は別だ。

マーガレットは騎士の家柄の娘である。騎士の家柄ともなれば、靴や防寒具について何かツテがあるかもしれない。

そもそもこの国の騎士の家の子女は、裁縫や革細工を嗜み（たしな）の一つとしている。剣や鎧（よろい）はともかく、その下に着るものやベルトなどは店で買うものではなく作るものなのだ。

「これを完成してもらう……だけじゃない。いっそ私が欲しいもの全部、彼女に頼めば……なんとかなっちゃうんじゃない……？」

いやいや、馬鹿げている。自分の婚約者を奪った女に大事な道具を任せるなど。

一笑に付されるか、あるいは弁護士を立てて難解な法律を持ち出し、賠償金を有耶無耶（うやむや）にされる可能性だってある。

そもそも、私がただ山に登るというだけではなく、天魔峰を目指すなどと言っても冗談にしか聞こえないだろう。

だがそれでも、あるいは、もしかしたら。

「……賭けてみるか」

断るなら断ればいい。

嘲笑（ちょうしょう）するならすればいい。

どうせ今の私は裸一貫で、どれだけ恥の上塗りをしたところで失うものはない。

私の心の熱は、その程度で冷めはしないのだ。

「つまり、金を払えってこと？」

翌日、私はマーガレットの家……ガルデナス家を訪れた。

居留守を使われるか、あるいは門前払いされるかと危惧していたが、マーガレットは意外にも私を屋敷の一室に通した。

高齢のメイドがコーヒーと菓子を持ってきた以外、誰も来ない。

彼女の家族が同席するということもない。

一対一の状況だ。

てっきり勝者の余裕の表れかと思いきや、私が何の用で来たのか興味津々といった様子だ。

しかし、私が浮気についての賠償を求めると顔をしかめた。

「お金じゃなくても構わない。むしろ現物がいい。装備を整えなきゃいけない」

「あなた……本気で巡礼するのね」

「する。学校には退学届を出す。巡礼者協会に登録して、山を目指す」

その方が都合が良いでしょ？　という意図を込めたつもりだが、マーガレットはむしろどこかショックを受けた様子だった。

「……わかった。お金じゃないなら具体的に何が欲しいの？」

「登山靴、雨具、防寒具、ザック、手袋、水筒、クッカー、ロープ、カラビナ、ヘルメット、トレッキングポール、ファーストエイドキット、エマージェンシーシート、ヘッデン、アイゼン、テント、ツェルト、寝袋、コンパス、地図、ピッケル、あとハーネスとクライミングシューズと沢靴とビレイデバイスとアイスアックスと……あ、ついでにポータレッジ」

「待って待って待って。え、なに？　巡礼者の装備でしょ？　アイスアックスって斧？　強力な魔法の斧が欲しいってこと？」

しまった。欲望がダダ漏れして大きな誤解を与えてしまった。

私が列挙したのは地球での登山に必要な道具一式である。

後半は登山というよりクライミング用品だが。

「一つ一つ説明する。普通に売ってないものは図面を引くからお抱えの鍛冶師や職人に作ってもらってほしい」

「む、無茶言わないでよ！　そりゃ懇意にしてる職人くらいはいるけど……いきなりそんなこと言われてもできるかどうかなんてわからないし……」

マーガレットは迷っている。

絶対に無理だとも、不可能だとも言わない。

名門と名高い家で、しかも当主が騎士団長ともなれば腕の良い職人と付き合いがあるはずだと見込んだが、どうやらアタリだったようだ。ハズレだったらこんな要求を断るのに迷う素振りさえ見せない。

「全部とは言わない。半分くらいは後回しで大丈夫だし、なくても諦められるものもある。でも最低限の装備は一ヶ月以内に揃えたい。職人と交渉が必要なら自分でやる。せめて顔つなぎだけでもしてほしい」

「無茶よそんなこと！　ええっと、そういうのは男の人に……ああ、お兄様なら手伝ってもらえるかしら……お父様の手を煩わせたらケヴィンの印象が悪くなるし……」

「マーガレット」

「な、なによ」

「他人の手を借りるなとは言わない。だけど私は、あなたに、償いを求めている」

「な、なによ。妙に怖いわよあなた……」

「怖くて結構。私にはもう婚約者もいない」

「わ、わたしのせいだから、なんとかしろっていうの」

「そうじゃない。私を縛るものは何もないということ。恨み言を言いたいとかじゃない。もらうべきものはもらうにしても、私は今の自分の境遇に納得している。自由に生きていく」

マーガレットはますます驚愕した。

あるいは私に対して恐怖を感じているのかもしれない。

「やってくれるの。それとも、やらないの」

「や、やらなければどうするのよ」

「代理人を通して粛々と賠償金を請求する。私とケヴィンの婚約は亡き両親が交わしたものだけど、書面で条件を書いて残してる。あなたの家にとってもケヴィンにとっても、それなりに負担になるはず」

「そんなの織り込み済みよ。お父様の力を侮るなら……」

「代理人や弁護士を立てて戦うならそれでもいい。だけど、あなたの恋人やあなたの父ではなく、あなたの力を見せてほしい。男を奪うくらいならこの程度のこと難なくできるはず」

「そんなわけないでしょ！　わたしにそんな権力なんてないわよ！」

マーガレットがパニックになって叫ぶ。

だが権力がないとは言っても、不可能だとは言っていない。

表情のどこかに、「もしかしたらできるかも」という色が浮かんでいる。

よし、畳みかけよう。

「お願い。ガルデナス家と付き合うような職人や鍛冶師に仕事をねじ込める機会なんて今しかない。正直、浮気はムカつくけど、その相手があなただったのは不幸中の幸いだった。千載一遇の機会を逃すわけにはいかない」

「何なのよそれ！」

「あなたが支援してくれるなら、私は聖者になれる。女だから聖女かな？　ま、どっちでもいいけど」

「……聖者？」

私の言葉を聞いて、マーガレットは反論をやめた。

聖者とは、天魔峰を含む五大聖山のいずれかを巡礼した者につけられる称号である。

しかもただ巡礼しただけではなく、自分も、そして護衛の冒険者も含め、魔物を一切殺さない不殺生を貫いて成功させなくてはいけない。ノーキルクリアはこの世界で高く評価されるのだ。

だがそれは凄まじく困難だ。

数百年続いているこの国の歴史の中で成し遂げたのはほんの数人。

与太話もいいところだし、普通はここで笑う。

笑いたければ笑えというより、笑ってほしかった。

人に笑われてもなお、夢を追求するのだと覚悟を決めておきたかった。

数年後、あるいは数十年後にやり遂げたとき、私を笑った人を見返してやりたかった。

あるいはただ、こんな馬鹿者がいたということを誰かに覚えておいてほしかった。

「な……なんで……？」

だがマーガレットは笑わなかった。

「山が好きだから」

「い、いや、もっと、こう……なんかあるでしょ！　先祖代々の悲願とか、死んだ恋人の遺言とか！

命を懸けるような夢なんだから、漠然とした話をされてもわかんないわよ！」

笑わないどころか、怒った。

「えっと……聞きたいの？」

「当たり前でしょ！　もっとちゃんと説明してよ！　山が好きなのはわかったけど、そうなる何かってあるもんじゃないの!?」

真剣に耳を傾け、理解できないものを自分なりに理解しようとしている。

マーガレットは、思っていたよりもいい子だ。

「……きっかけは、ある。けど一番大事なのは私自身が決めた、私の夢だってこと。他人の願いに命は懸けられない」

私の言葉が相当衝撃だったのか、マーガレットはしばらく絶句していた。

「ていうか子供の頃から付き合ってたのはケヴィンで、今もぴんぴんしてるし、あなたに奪われたわけだけど」

「結局、恨み言言ってるじゃないのよ！」

「ちょっとくらいの冗談は許してほしい」

「脱線してないで、教えてよ。それを自分の夢にするって決めた大事な何かを」

「秘密」

「なんでよ」

私は、マーガレットに教えたいと思った。

こんな突拍子もない話に耳を傾けてくれる人は貴重なのだ。打ち明けてしまいたい。

だけどこればかりは私の秘密が絡んでいる。転生者だから、という話ではない。天魔峰で死んだおじいちゃんについてだ。いろいろとトラブルメーカーだったようで、天魔峰で死んだおじいちゃんのことは秘密にしておけと親から厳命されていた。

「ここから先の話は信頼できる人にしか打ち明けたくない。私に必要な道具を揃えてくれたら教えてあげる」

私の言葉にマーガレットが頭を抱えた。

「……あなた、本気なんだ。本気で、巡礼するんだ」

そんなに私の秘密を聞きたかったのかな、と思ったが違った。

私の受け答えで、私がどれだけ本気なのかを悟ったようだ。

「うん」

「途中で死ぬかもしれないような夢を、本気で追うんだ」

「そうだよ」

マーガレットの質問に、私はいちいち頷く。

マーガレットは私の目を見つめ返していたが、やがて観念したように俯いた。

「……本当は、あなたの彼氏を取ろうとかそういうこと、思ってなかった」

「そうなの？」

「わたしも、ケヴィンも、昔から決められた許嫁とくっついて不自由な一生を生きるくらいなら……せめて今のうちに火遊びしておこうって思ってた。学校を卒業したら後腐れなく別れる、割り切った関係のつもりだった」

「割り切った関係、ね」

この手の人の考えることはわからない。

いや、私がそういうものに情熱を見出さないだけか。

「けど、ケヴィンと逢引きしているとき、お父様に見つかったの」

それを語るマーガレットは、どこか青ざめている。

マーガレットのお父様ってことは、どこぞの騎士団の団長様ということか。

それはさぞ恐ろしかろう。

「で、しこたま怒られたの？」

「……許されたわ」

「許されたんだ」

まあ、許されたからこそケヴィンは私に別れを切り出したのだろう。

だがその割に、マーガレットは浮かない表情をしていた。

「わたしがこういう遊びをするくらい、お父様にとってはどうでもいいことだった。許嫁にとってもそう。『では下の娘をください』って感じで、妹が繰り上がっただけ……まあ、元からろくに会いに来ることもなかったけど」

愛されていない許嫁か。

年頃の少女にとっては、確かにつらいだろう。

「全部お金で済んだ。わたしが良い子だろうと悪い子だろうと、みんな、どうでもよかった」

「私はどうでもよくない」

怒りを込めて、私は言葉を投げつけた。

マーガレットが怯える。

「ケヴィンがなんとなく私のこと好きじゃなくなったのもわかってたし、私もそれに向き合ってこなかった。だからケヴィンが私と別れることは受け入れる。あなたがケヴィンと付き合うことも許す。けれどその順番や筋道を間違えたことは許さない」

「……うん」

マーガレットが、静かに頷く。

「あなたは、多分、ケヴィンから聞かされてたような人じゃないんだと思う」

彼女の中では、私はきっと相当な悪女だったんだろう。

だとしてもそれを認めるのはさすがに早い。

もしかしたら彼女は、ケヴィンの嘘に薄々気づいていたのかもしれない。

「私はあなたを見ている。あなたが悪人であることも。そしてあなたが自分で罪を償うことのできる人間かどうかも」

私は強い言葉を使ったが、むしろマーガレットの怯えが消えていく。

そしてマーガレットは迷いを見せつつも最終的に私の要求を吞んだ。

私が欲するものについて図面を引いたり説明をする度に正気を疑われたが、それでもマーガレットは真面目に耳を傾けた。

ところで、私はちょっとした嘘をついた。

道具一式を揃えるほうが賠償金を払うより安上がりだなどと言ったが、私の求めるクオリティの登山用品をこの世界で完成させるほうが、絶対に高くつく。

マーガレットがそれに気づくのはしばらく先になるが、兎にも角にもマーガレットは動き始めた。

マーガレットの家、ガルデナス家は代々騎士の家系だ。マーガレットの父も、祖父も、さらには曽祖父も、この国を守る金獅子騎士団における要職を務めてきた。
ガルデナス家に生まれた男児は若くして武芸を学んで騎士団に放り込まれ、そして女児は男たちを支えるために様々な嗜みを求められる。
その一つは、武具の手入れだ。

剣の研ぎであったり、鎧が錆びないよう油をさしたり、すり減った靴底を交換したりといった道具のメンテナンスを、マーガレットは熟知している。

また父親が様々な式典に招かれて騎士として賓客を護衛することもあれば、自身が賓客になることも多い。その父親と共に娘たちは歩く。正確には、歩かされる。綺麗な靴を履いたまま。

大がかりな移動や行進パレードでは馬車を使うにしても、宮殿や晩餐会の会場の中は当然、歩く。椅子に座ってのほほんと休める機会は案外少ない。靴を履き潰してしまうことも少なくない。

その二つの理由で、マーガレットは靴職人と接する機会が多い。

靴の手入れの仕方を習ったり、自分の余所行きの靴を修理してもらったりを侍女や執事に任せることなく、自分自身で職人に相談して解決している。

だから登山靴を作るとなったとき、マーガレットは親しい靴職人に相談し、とんとん拍子に話が進んだ……かに見えた。

「あんた、ほんっとぉ――――に、ワガママね！」

その靴職人の家で、マーガレットは激しく怒っていた。

私が靴のサイズ調整でいろいろと注文をつけたからだ。

「靴は何度も調整する。完成形がわかれば、それを修理したり作り直したりも簡単になる。ここだけは時間もお金もケチらない。あ、そう、そこそこ。足型の小指の付け根あたり、もう〇・五ミリくらい削って。あと親指の先の方も」

マーガレットの馴染（なじ）みの靴職人はよい腕をしている。

だが女性が体を動かすための靴を作るのは、どうやら初めてのようだった。

男女において縦の長さが同じであっても、女性の足の横幅は男性より細いことの方が多い。アウトドア向けの靴を作るとなるとこの世界では自然と男性向けになってしまうので、私は入念に履き心地を確認していた。

「わたしのお金なんだけど!?」

「違う。これは私への賠償。だから私のお金」

「だ、だからって人が苦労して作ったものに、『ちょっと違う』の一言はどうなのよ……!」

「違うものは違う。罵倒しているつもりはない。素晴らしい仕事をしてくれているのはわかっている。だからこそ妥協することなく、私にとっての至高の逸品を作ってほしい」

そこに、靴職人のおじいさんがまあまあと割って入った。

「わたくしの方は大丈夫ですから、お嬢様、落ち着いて……」

「あなたも怒っていいのよ！　職人らしく依頼主に反論しなさい！」

「え、ええ。旦那様や大旦那様より細かい注文をつけられるとは思いませんでしたが……。ですが、よい仕事ができた満足感の方が大きくて……。いったい、どこでこんな発想を……」

靴職人が、テーブルの上に置かれている試作品の靴をしげしげと眺める。

ふふふ、話がわかる人でとても助かる。

「いいでしょ？　足首を覆うハイカットの靴は、足を固定して怪我を防ぐ……っていうのは諸説あるけど、くるぶしまでしっかり覆うから枝や石が入らなくて不快感がない。靴紐もしっかり結べて、ほどくのも一瞬」

「それに材質がベストマッチですな……惚れ惚れします……」

「厳冬期の雪山は厳しいにしても、低山ハイクも高山の岩稜帯歩きもだいたいカバーできる。伝説のアーティファクトとかを除外すれば最高品質のものができた」

「なんで靴のことになるとみんな早口になるわけ？」

「ケルピーの革と泥竜のウロコを使うとは、思いもよりませんでした……。防御力は他の素材に劣る上に加工しにくく、見向きもされていないものです。これを靴の素材として活用できるとは……」

　ケルピーも泥竜も、この世界に棲む魔物である。

　ケルピーは深い河川に棲む、魚とかカエルみたいな性質の馬だ。

馬といっても人間を乗せてくれたりはしない上に、漁場を荒らしたり船を転覆させたりする害獣である。

　肉は鶏のモモ肉とムネ肉の中間くらいの味わいで、皮の脂は臭みが強くまずいので廃棄される。

　肉の卸売り市場に行って皮を頼めば、こちらが金を払うどころか処分料をくれる。

　泥竜は浅い川や湿地に住む竜で、手足が退化しているため見た目はほとんどヘビだ。

泥竜も人々の田畑を荒らす害獣であり、騎士団や冒険者はよく討伐に駆り出されたりしている。

なお、泥竜は肉も皮も美味だ。

地球のウナギにそっくりで、串焼き屋台がよく出ていたりする。

ただ、どの店も焼き方が雑なんだよな……塩焼きばっかりだし。

だが私はそれでも泥竜の串焼きをよく買っていた。

料理人が下ごしらえしたあとに余る、ウロコを分けてもらうために。

「ケルピーの革は透湿防水素材になる。泥竜のウロコは硬質ゴムに近い。生の皮やウロコを乾燥させたり手間暇は必要だけど」

「これが靴や雨具の素材ねぇ……。水を弾くならもっといい素材がありそうだけど」

「透湿性が大事。使えばわかる」

透湿防水素材とは、外からの水を弾き、そして内側の水は通化する素材のことだ。

アウトドア用の雨具や登山靴に求められる性質である。

雨具はただ水を弾けばよいのでは……と思われがちだが、案外そうでもない。

人間は歩き続けると夏でも冬でも雨でも汗をかく。このときビニールの雨ガッパのように外も内もひたすら水を弾くだけの素材を着ていれば、蒸れる。言い換えれば汗が放出されずに内側に溜まり続ける。

その状態で突風でも吹いて雨ガッパの隙間に冷気が入り込めば、一気に体温を奪われて低体温症になってしまう。

登山靴も同じで、透湿性のない靴を履いて汗が溜まり続けると足から体温が奪われる。標高の高い場所は春や初夏でも雪が残っていることが珍しくなく、汗が溜まった靴の中に雪が入り込むと凍傷になりかねない。

これは私の前世、小此木彰子の知識だ。

だが記憶を思い出す前から私は透湿防水素材を探し求め、そして素材を選定した後はジャケットやマントなどの雨具を作ろうと悪戦苦闘していた。

こうした素材があるという確信、あれば確実に誰かの役に立つという使命感にも似た思いは多分、前世の記憶が影響しているのだと思う。ちくちくとマントを縫っているときは疑問にも思わなかったが、今振り返ってみると、無からそんな発想が出るほど私は天才ではない。

ただ、これくらいしかなかった。私が自分のワガママではなく、婚約者や誰かのために役立てる何かを作ろうとしたのは。だから疑問に思ったり深掘りするのを無意識的に避けていた。

私の乙女心が報われることはなかったが、その残滓(ざんし)は今、靴とレインウェアという形となって私の旅立ちの支えとなってくれる。ありがとう。ちょっと前までの私。

「靴底も美しいですな……木や金属ほど硬すぎず、革や毛ほど柔らかすぎない。つま先側のブロックは流れるようなラインを作っている一方、かかと側は歩く方向に逆らって地面に食い込む。まさに歩く人のための形です」

職人のおじいさんが、惚れ惚れした表情で靴底を撫でる。

あっ、この人靴オタだと感じさせる姿だ。

「靴底って、柔らかいとダメなの？」

マーガレットの質問に、私が答えた。

「歩く場所による。舗装された道を歩くなら、柔らかい靴底がいい。硬い靴底だと膝に負担がかかる。逆に森とか岩場とか、平らな場所が少なくて足場が悪いなら硬い靴底がいい。場所によって靴を変えればどこにだっていけるし、膝も腰も守れる」

「ええ。履き心地にこだわれば足は痛みません。しかし多くの人はそこを軽視したまま歩きすぎて、若くして足腰を痛めてしまいます。歩くことのできる人生が長くなればできることも増えるのに……なんともったいない……」

うっかり靴職人のおじいさんの何かセンシティブな部分に触れてしまったようだ。

そこから数分ほど演説めいた話を聞き続けるが、おじいさんは途中ではっと気づいて話を止めた。

「す、すみません。つい夢中になってしまって」

「いいよ。こだわってくれるなら助かる」

「ところで、ステッキの方もできましたが……こちらもお使いになるので？」

「ん？　トレッキングポールも作ってくれたの？」

「靴と一緒に杖を頼まれることはよくありますから、問題ありませんでした。ですがこの、トレッキングポールというもの……折りたたみ式で、左右一対の杖を頼まれるのは初めてのことでしたので、ご満足いただけるかはわかりませんが……」

靴職人のおじいさんが、細長い布袋をテーブルの上に置いた。

袋の中には二本のトレッキングポールが入っている。これもオーダー通りだ。

「イーブルプラントの枝を削り出したものです。普通の木材よりも軽く、しなりがあるので折れにくいかと思います。とはいえ強度よりも軽さを優先しているので普通の杖よりは貧弱ですが……」

「大丈夫。だから二本使って負荷を分散させる。あと、体重を預けるような使い方はしない。バランスを取るために使う」

「ふむ、そうですか……」

あまりピンときていないようだ。高齢者や怪我人の歩行補助として一本だけを使う杖のイメージが強いのだろう。

まあこれは実際に体験してみなければわかるまい。

「あとはザックと、ケルピーの革の雨具、あと毒消しとか包帯を入れたファーストエイドキットもできたわね。確認して」

「それも作ってくれたの？」

「あ、わたくしではなく、お嬢様が縫いました」

えっ。

「……なによその顔」

「彼氏を取った相手から手縫いのものを贈られるって、なんか微妙」

「あんたが頼んだんでしょ！」

「そこは、うん、ごめんなさい」

「まったく……」

ザックは、騎士団や冒険者がよく使っているものに腰ベルトや吊り下げ用の紐などを付け足したものだ。縫い目はしっかりしており、店売りのものと遜色ない。

雨具もよい感じだ。

この品質なら、日本なら上下セット三万円くらいで売っててもおかしくない。

しかし雨に降られての登山は避けるべきだけど、それはそれとして新品の雨具ってなんか使いたくなるんだよね……。困ったものだ。

「でもいいの？　道具作りに専念してて」

「……今のうちじゃないと身軽に動けないのよ。お父様は騎士団の長期訓練中で家を空けてるし、ケヴィンも訓練に連れてかれたわ」

マーガレットが憂鬱そうな表情を浮かべる。

しかしケヴィンが騎士団の訓練かぁ。

華々しいことは好きだが、地味な訓練が得意なタイプだっただろうか。

まあ、もう私が心配することでもないか。

「ま、夜会に誘われても出ない口実ができたからいいけどね。許嫁がいないときに一人で行くつもりもないし、いろいろと揉めてる空気を察してくれて断るのも楽だし」

「あれ？　夜会、嫌いなんだ？」

意外だ。社交場が好きなタイプかと思っていた。

「別に、友達と話をしたり音楽を聞いてるだけなら楽しいんだけど……ダンス苦手なのよ。足もすぐ痛くなるし」

それはよくわかる。

私も、一度出た後は何かと理由をつけてサボる口実を探していた。

「お嬢様は、ヒールが低めの靴をお気に召さなくて……。もっと足に合う靴にしましょうと申し上げているのですが」

「別にヒールが高い方が好きってわけじゃないけど、我慢は必要よ。夜会に出て踊るのは仕事みたいなものだし……」

確かに、ダンスは足に負荷がかかる。

夜会に出続けた結果、外反母趾になって悩む令嬢もいると聞いたことがある。

自分が好きで踊ったり、好きで山に登るならともかく、やらされて体にダメージがくるのはつらいものだ。

「ダンスは仕方ないにしても、旦那様の行事に同行される際はもう少し、靴底の柔らかい靴を履きましょう。こうした素材を使えば、お祖母様のように膝を悪くされることもありませんし……」

「そうしたいのは山々だけど、お父様に恥をかかせるわけにはいかないじゃない。鎧を着て歩いてる人の後ろで、ドレスを着て靴まで楽をしてるのが知られたら、あとでなんて言われるかわかったものじゃないわ」

「ですが、何時間も硬い床を立っては歩き、立っては歩きの繰り返しでは、マーガレット様も膝を壊してしまいます」

「もうお小言はいいじゃない。お父様も騎士団の訓練に出ちゃったし、何ヶ月かはそういう機会もないわ」

マーガレットは、もうこの話はおしまいとばかりに靴職人の言葉を無視した。

「ともかく……わたし、そんなに足が強くないんだと思う。足を酷使するような山歩きとか長旅とか、無理よ。あんたは巡礼をするってくらいだから男と同じくらい丈夫なんでしょうけど」

その言葉に、私はいらつきを隠さずに反論した。

「そんなことはない。さっきの話、忘れたの？」

「さっきの話？」

「履き物にこだわれば足は痛くならない。逆に言えば、誰だって合わない靴を履いたら足が痛む。強い弱い以前の問題」

「だからそれは男とかあんたみたいな体を鍛えてる人の話で、普通の女の話じゃないでしょう？」

「普通の女が登山靴を履かないなんて誰が決めたの」

「え？　いや……まあ、誰が決めたって話でもないけど……」

何か間違ったこと言った？　言ってないよね？　みたいな空気を出さないでほしい。

「この靴、直さなくていい。多分、マーガレットの足の形をイメージしてたから横幅がズレたんでしょ？」

「え、ええ。ほぼサイズが同じようでしたので……ただ、小指の付け根の位置関係は違っていたのだと思います。それによって微妙にフィット感が……」

「つまり、マーガレットの足の状態をよく理解していて、その上でこの靴を作った。マーガレットが履いて歩くというイメージで靴を作った。そういうこと？」

「……はい」

靴職人のおじいさんが、私の問いに微笑(ほほえ)みながら頷く。

「これはマーガレットの靴にして、私には別の一足を作って。ポールとか他の道具ももう一セットお願い」

「かしこまりました」

私は、靴職人のおじいさんの願いに気づいた。

靴職人のおじいさんは、私の意図を正確に読み取った。

だがそれに戸惑ったのはマーガレットだった。

「え、ええ？　いやわたしは巡礼とかしないんだけど」

「聖地巡礼だけが登山じゃない。山頂に聖地がなくて、魔物も出てこない安全な山も普通にある。そういうところには巡礼者が練習のために来たりするし、観光客もいる。タタラ山って知ってる？」

タタラ山とは、王都のもっとも近くにある活火山だ。

標高は一六〇〇メートル程度。歩く距離は少し長いが、難所は少なく冒険者の訓練にはもってこいで、さらにここにはちょっとした観光スポットがある。

「魔物は出ないにしても、火山でしょ……？」

「タタラ山の周囲の聖地の力が地脈を安定させているから、滅多なことでは噴火はしない。火山ガスがちょっと噴き出る程度」

「そ、その時点でなんか怖いんだけど」

「正しい順路を行くなら危険はない。それにあそこには……」

「ちょっと待ってよ。なんかわたしも山に行くみたいな前提で話を進めるのやめてくれる？　あんたが山に登るのは支援してあげるけど、わたしは別に」

「温泉がある」

私の言葉に、マーガレットの文句が止まった。

「温泉？」

「うん。薪を燃やしてお湯を沸かしたお風呂ではなくて、湧き水みたいにお湯が出てくるところが……」

「それは知ってるわよ」

私たちの暮らすガディーナ王国において、温泉旅行はそこそこ認知されている行楽だ。

元々は病人や怪我人の治療の一環として温泉に入る文化があったのだが、最近は美容を求める健康体の人も温泉を訪れるようになった。もしかしたらマーガレットも興味があるのではないかと思って話題に出したが、想像以上に食いついてきた。

「タタラ山の近くに温泉街があるって話も聞いたことがある。でもなんで山の中に温泉があるのよ」

マーガレットは今までで一番真剣な表情を浮かべて聞いてきた。

そのコンセントレーションは靴作りに発揮してほしいと思いつつ答える。

「むしろ話が逆。温泉の源泉は山の中にある。ふもとの温泉街よりも、山小屋にお湯を持ってくるほうが簡単。歴史的にも山小屋の温泉の方が古かったはず」

マーガレットは、私の言葉に悩みに悩んだ。

ちょっと強引だったかなと思ったけど、温泉が好きなら遠慮なく連れ回そう。

「大丈夫。しっかり案内する。道程には何の不安もない」

「し、しょうがないわね……行ってあげるわよ」

少々居丈高な答えでありながら、マーガレットの表情には隠しきれない喜びと好奇心が溢れ出していた。

巡礼届

タタラ山に登って
温泉付き山小屋に泊まろう

巡礼者

役割	性別	年齢	氏名

同行冒険者

役割	性別	年齢	氏名

装備・魔法等

- □
- □
- □
- □
- □

備考

タタラ山の登山口は、王都を出て馬車で三時間半ほど。

距離としては、日本に例えるなら東京都心から奥多摩に行くより少し近い程度だ。

山のふもとは旅人向けの宿場町のようになっている。

湯治に来ている貴族もいれば、体力作りのために来ている冒険者、あるいはたまたま立ち寄った旅商人なども多い。

とはいえ今は春の終わりで、秋頃の温泉シーズンには遠い。

この時期に山に登ろうとする趣味人は、さほど多くはない。

そんな趣味人である私たちは、宿場町をスルーして登山口に辿(たど)り着いた。


「暑いんだけど！」

マーガレットが開口一番に文句を言う。

今日は快晴で、ぽかぽかと暖かい。

上着が長袖だと確かに暑いんだけど、服装にも理由はある。

「いかにもお嬢様な姿で登るのは危険だし、日差しが強い。帽子もかぶってて」

「帽子はいいけど……でも麻の服ってゴワついてあんまり好きじゃないのよね……」

「コットンは汗で肌に張り付いて体が冷える。登山や運動には向かない。それに日差しが強いから長袖なのは仕方ない」

本当は化繊がいいんだけど、この世界には存在しない。

なので私もマーガレットも、麻のシャツの上に麻のサマージャケットを羽織っている。

下はショートパンツにウールタイツという、日本でも見かける山ガールスタイルだ。

ちなみにロングパンツを提案したが「可愛くない。ヤダ」とマーガレットに一蹴された。

「確かに……日焼けしちゃうものね」

「登山口からすぐ林道に入る。山頂はむしろ寒い。暑さはそんなに心配することない」

私たちの目の前には立て看板があり、『タタラ山　登山口』と書かれている。

そしてその先は林……というか森になっている。

ほんのりとそこから流れてくる冷気が心地よい。

「あ、でも日焼け止めは塗っておく。マーガレットも使って」

小さな小瓶をマーガレットに渡すと、マーガレットは鳩が豆鉄砲を食ったような顔をした。

「日焼け止め……？　え、なんでそんなもの持ってるの？」

日焼け止めはこの世界において高級品だ。……しかしそれは、貴重な香油をふんだんに使って商人が高位貴族に高く売りつけているためで、成分を理解していれば錬金術師に頼んで簡単に作ってもらえたりする。

「瓶ごとあげる。でも自分用に使うだけにして、他人にはあげるのはダメ。商人ギルドにヤミ日焼け止めがバレたら面倒くさい。これは錬金術に詳しい人だけの秘密」

実は、これに気づいたのは私もごく最近のことだ。

日焼け止めってそんなに難しい成分じゃなかったよな……という日本の現代知識を思い出して錬金術の店の人に聞いてみると、「日焼け止めは扱っておりませんが、なぜか酸化亜鉛や酸化チタンと植物油を混ぜたクリームをお買い求めになるお客様はおりますね」と、まるでパチンコの換金所のごとき表現で日焼け止めを格安で売ってくれた。

「ま、まあ、帽子もあるし長袖だから大丈夫だけど……でもそうね、せっかくだし使わせてもらうわ」

と言いながらも、マーガレットは嬉しそうに日焼け止めを顔に塗っている。

その間に私は登山前の最後の準備を始めた。

「ん？　なにそれ？」

「登山前の事前調査。……旅人に加護をもたらす大地の精霊よ。祈り九日分を供物とする。どうかその尊き姿を現したまえ」

一人用のミニ焚き火台のような簡易祭壇に精霊を召喚するためのお香を並べ、祈りながら火をつける。

すると、お香ひとかけらにしては妙に大量の煙が立ち上っていく。

「これが精霊魔法？　ふーん……面倒なことするのね」

「静かに。預言が降りる」

白い煙が、まるで人間のような形を取り始めた。

精霊の降臨である。

【旅人よ……汝の、願いに、応えよう……】

どことなく女性のような清らかな声が、煙から聞こえてくる。

「願いは三つ。今日と明日の天気を教えて。この山に害意ある存在がいるかどうかを教えて。山小屋の状況を教えて」

【……本日は快晴。風向きは北北西。微風。登山日和となるであろう……。明日朝は曇り、正午頃から夜まで雨。早期の下山を心すべし。噴火は起きぬであろう】

「ありがとうございます」

【山の恵みは豊かで、熊や猪、山犬の腹は満たされている。獲物を求めて道に迷い出ることは稀であろう。だが獣の心の中までは読めぬ。敵意ある人間、同族の血の匂い染みつきし者はおらぬが、獣の心と同様、人の心も読めぬ。ゆめゆめ油断はせぬように】

「重々気をつけます」

【山小屋……火守城の主は告げている。二人部屋で、風呂、朝夕の食事付きで合計金貨一枚。トイレは利用する度に銅貨一枚を求めるが、宿泊する場合は不要である】

「オッケーです。予約お願いしますと伝えてください」

【よかろう……うむ、宿の主も応じた。では旅人よ。そなたの旅に幸いがあらんことを】

大地の精霊が優しい声で告げた。

まあ告げてくれるだけで別に幸運をもたらしてくれるわけではないのだが、嬉しいものだ。

「あ、ありがとうございまし、た？」

マーガレットが、おっかなびっくりにお礼を言う。

精霊が微笑み、そして煙と共に消えていった。

「よし、問題ない」

絶好の登山日和だ。

特に、風が弱いのがよい。

曇り空でも登山はできるが、暴風だったら中止を検討せざるをえないこともある。

私は幸先の良い情報に喜びを感じつつ、簡易祭壇を片付けてザックに収納した。

「今のが精霊魔法なんだ……。魔力を消費したわけじゃないわよね？　祈りを捧げればいいの？」

「うん。毎日毎日祈って、祈りのストックを貯める。それを切り崩して精霊にお願いができるってわけ」

「使い勝手がいいのか悪いのかわかんないわね」

「旅人や巡礼者には必須スキル。普通の魔法みたいに火を放ったり水を出したりはできないけど、自然の状況を把握して旅人を助けてくれたり、精霊の声が届く範囲で連絡をしてくれたりする。それにこうしてちゃんと挨拶しておけば、万が一遭難したとき他の精霊魔法使いに教えてくれるから救助の段取りもつく」

これは地球だと登山届を出す行為に近いだろう。

助け合いのためには地道な手続きやコミュニケーションが必要なのだ。

「必須なのはわかるけどなんか地味……。あ、でも天気がわかるのはいいわね」

「天気は大事。登山や長旅では生死に関わる」

ちなみに雨乞いのように自然現象に干渉することもできなくはないのだが、祈りの日数の消費が莫大なものになる。

魔力を消費するほうが遥かに効率がよい。

ま、奥の手中の奥の手なので、まず使う機会はないだろうが。

「そういうわけで、登山には問題ない。マーガレット、いい？」

「わかってる。あんたこそ約束、覚えてるでしょうね？」

「もちろん。旅費はあなたもち。そのかわりに私は、旅の安全、食事と寝床の確保、それと温泉。この三つ全部を保証する」

「……でも本当に、この上に温泉があるの？」

マーガレットがちょっと不安そうな表情を浮かべる。

だが、ここに温泉があることは有名な話だ。

貴族や身分ある人でもわざわざ足を使って登らないといけないが、ごく僅かにいる温泉マニアや旅人にとっては「一生に一度は訪れたい」と評判の場所である。他人の金、他人の馬車で行けるのであればぜひとももう一度来たかった。

「絶対ある。そのためには、まず歩く」

「わかったわよ……。ったく、憂鬱ね。歩くのそんなに好きじゃないのに……」

「大丈夫。登りは山頂まで三時間。途中の山小屋で宿泊して温泉に入る。翌日は下りで二時間半。登りでキツいのは山頂付近だけ。何も問題ない。自分の靴を信じて。これは素晴らしいものだから」

「おだてても何も出ないわよ」

マーガレットはやれやれと肩をすくめ、私の少し後ろをとぼとぼと歩き始めた。

林道を登りながら十分ほど歩いた。

道幅は軽トラがギリギリ通れるくらいあり、割と歩きやすい。

丁寧に山道が管理されている証拠だろう。ありがたいことだ。

「……ここは昔は聖地だった。聖地としての力が枯れて魔物も消えたけど、祈りを捧げるための祠はまだ山頂に残ってる」

「でも、祈ったところで何も起きないんでしょ？」

「うん。ここじゃなくて、王都周辺の他の聖地が大地を安定させてここの噴火を抑えている。まあ、何か異変があったときのための監視小屋はあるけど……職員はヒマらしい。羨ましい」

むしろ訓練に来た冒険者や騎士に宿を提供するほうがメインの仕事になってるようで、国からお金をもらいながら山小屋経営をしている。私も老後はそんな生活がしたい。

「こんな辺鄙なところのどこが羨ましいのかしら。全然わからないわ」

まだ憎まれ口を叩く余裕はあるようだ。

それじゃあ、その口を閉じさせてやる。

「マーガレット。そろそろ水飲もう。あと行動食も」

「え、早くない？」

「早くない。喉が渇く前に水を飲む。お腹が空いて動けなくなる前に食べる。これが基本」

そう言って、私は水筒と油紙に包んだ食事を差し出した。

「これ、焼き菓子？」

「エナジーバー。ナッツとかドライフルーツを、溶かしたマシュマロと混ぜてまた固めたやつ」

登山ではこうしたものをよく食べる。

私はナッツ系の行動食が好きで、市販品に飽きて自作をしていた。

レシピは今言った通りで、難しいものではない。ここに蜂蜜やメープルシロップで甘みを足しても美味しい。しかしこの世界にマシュマロがあってよかった。チョコレートのない世界だけど、なんとか生きることができる。

「う、うーん……これを食べるのね？」

「あれ？　こういうの苦手？」

けっこう自信作なのだが、マーガレットの顔はなんだか微妙だった。

「なんであんたの手作りお菓子食べることになってるんだろうって……。わたしの好きなものばっかりなのがなんかいやだ」

「うるさい」

せっかく作ってあげたものに文句を言うとは、まったくもう。

「あんたこそ、わたしの手作りに微妙な顔したじゃない」

……それもそうだ。反論できない。

因縁がある相手から何かを贈られる複雑さは私もよくわかるのだった。

「う……それは悪かった。謝るから食べて」

「圧が強いのよ圧が……。わかったわよ……」

マーガレットがぶつぶつ言いながら、エナジーバーを齧(かじ)った。

その顔がほころぶ。

「水も飲んで。がぶ飲みせず、ちょっとずつ」

「うん」

マーガレットが素直に頷(うなず)く。

私も食べておこう。

二人とも齧歯類のごとく、しばらく無言で食べる。

「……あんた、意外とやるじゃない」

食べ終わったあたりで、マーガレットがツンデレみたいな褒め方をしてきた。

「このくらいのことはできる」

「そう……。と、ともかく、美味しいわ。甘さ控えめで食べやすいし、ナッツもわたし好みだし……」

「まだ余裕はあるから、気にせず食べて」

「そんなに食べたら太るわよ。あー、でも、いくらでも食べられそう」

くすくすとマーガレットが笑う。

よし、栄養補給も問題なさそうだ。

真面目な話、お腹を空かせている状態や朝食抜きでの登山は危うい。

人間は動き続けると常にカロリーが消費されるが、カロリーを消費している最中に補給をしようとしても胃腸の働きが弱いので上手く消化しきれない。運動をする前に食べる必要がある。

今回は山小屋の営業が確認できているし、朝食をしっかり食べているからそこまで厳しく管理しなくともよいが、補給できるポイントがない場合も想定しておいたほうがよい。

特に山小屋は、水不足とか従業員不足とかで臨時休業することがある。

古い地図だと存在しているのに、現在では廃業しているということも珍しくはない。

水、行動食、非常食は常に携帯し、山小屋の営業状況も事前に確認しよう。

山小屋のカフェテラスで雄大な青空と雲海を見ながら、雲みたいにふわっふわのリコッタチーズパンケーキを食べるぞ……！　と喜び勇んで登ったのに山小屋が休んでたときのショックはほんともう……言葉では言い尽くせない。

「じゃ、さっさと行きましょ！」

食事をして元気が出たのか、マーガレットが喜び勇んで一歩を踏み出した。

「あ、待ってマーガレット。その歩き方だと疲れる」

「あ、歩き方ぁ？」

そんなところまで指示されると思わなかったのか、マーガレットはびっくりしていた。

「靴底全体をベタッと地面に下ろす感じで歩くと安定する。かかとで着地して爪先で蹴り出す歩き方は疲れやすいし転びやすい。あと、なるべく小刻みに歩く。大股だとそれも転びやすい」

「へぇ……」

「あとトレッキングポールはもっと短くしたほうがいい」

「ええ……杖（つえ）の使い方とかもあるわけ……？」

「大事なこと。歩き方とか、杖の持ち方とか、基本動作をなんとなくやるのと意識するのとでは疲労や怪我（けが）のリスクが変わってくる。靴職人のおじいさんも同意するはず」

「う……その言い方は卑怯よ。わかったから教えて」

マーガレットは、靴職人のおじいさんには信を置いている様子だ。

そしておじいさんがマーガレットの足を心配している以上、私の注意も無視できないというわけだ。

「自然に腕を振って歩いたとき、トレッキングポールも自然と地面を突くような感じがいい。持っていることを意識しない。ポールを前に突き出してもたれかかるように歩くと、逆に疲れる。あとポールを爪先で蹴っちゃったりするから、それもよくない」

「ふーん……こんな感じ？」

マーガレットがトレッキングポールのねじを緩め、長さを短くする。

そして腕を振って、私に見せるように歩いてみせた。

「そうそう。トレッキングポールはそうやって使うだけで、体のバランスが取れて足首とか膝に無駄な力がかからなくなる。足腰の力を、ただ前に歩くためだけに使える」

「ふぅん……」

「ま、小一時間も歩いていけば実感できる」

マーガレットは半信半疑といった様子だ。

この世界で杖を使う人のイメージと使い方がかなり異なっているから、まだピンときていないのだろう。とはいえ、あると楽なんだよね。

カッコウやウグイスの鳴き声が響く中、私たちは黙々と林道を歩いた。

じっとりと汗が流れ落ちる。

時折、木々の切れ目から、登ってきた山の大きさやふもとの宿場町が見える。

マーガレットはその光景に息を呑み、無言で驚いていた。

恐らくこんな高いところから町を見下ろした経験など、そんなにはないだろう。

私からは余計な言葉はかけなかった。

おしゃべりしながらの登山もよいが、無言で、自然を味わう登山も悪くない。

登山客も少なく、景色を二人占めしているようなものだ。

などと思っていたところ、若い男女四人のパーティーが下山してきた。

そのうちの一人の少女は、見るからにくたびれ果てていた。

荷物を他の仲間に預け、魔法使いの杖を歩くための杖のようにして地面を突き、頼りない足取りでようやく歩けている……といった感じだ。他のメンバーも、少女ほどではないが疲労の色が濃い。

……ちょっとまずそうだな。

「大丈夫ですか？　怪我でもしました？」

「いえ……恥ずかしながら、食料が尽きてしまいまして」

疲労困憊(ひろうこんぱい)の少女は声も上げられない状態のようで、リーダーらしき少年が私の質問に答えた。

だが少年も、というか全員、疲労が見て取れる。

怪我はなさそうだ。

低体温症は……多分ない。むしろ暑そうだ。脱水の方が心配だ。

しかたない、エナジーバーと水を分けてやるか。

「……これ、食べるといい。あと水筒も出して」

一泊二日の山行で夕食朝食付きの旅だが、山小屋がやってなかったときや万が一に備えて多めの食料を持ってきている。エナジーバーも作りすぎた。

「いいんですか!?　し、しかしあなたたちの分が……」

「二、三日遭難しても問題ないくらい食料は用意してる。ゆっくり食べて」

冒険者たちに一人一本ずつ与え、水筒に水を少しずつ補給してやると、彼らは神の助けとばかりに喜んだ。

「すみません、恩に着ます……！　山小屋まで引き返すか迷ってて……。ああ、謝礼を今渡しますので……」

リーダーの少年が、慌てて自分の懐をまさぐる。

金を渡すつもりなのだろう。

だが私は、それを手で制した。

「いらない。行動食や非常食は常に携帯するように。もっとキツい山ならマジで死ぬ」

「き、気をつけます。ですのでなおさら謝礼を……」

「ダメ。お金は大事だけど、お金があれば助かる世界じゃない。だから受け取らない」

私も似たようなシチュエーションで助けてもらったことがあり、恩を返せなかったことの罪悪感は戒めとして強く残っている。

「冒険や聖地巡礼をしていれば、必ずどこかで動けなくなった人や遭難者と遭遇すると思う。あなたが誰かを助ける番になったとき、それを私たちと思って恩返しするように。私も助けられたからそうしてる」

小此木彰子(おこのぎしょうこ)の記憶。山小屋の臨時休業で崩れ落ちた私に同情した登山者が、カップ麺をお湯付きで譲ってくれたことがあった。あのとき食べたカップ麺は涙でしょっぱく、切なく、美味しかった。

彼らにもそれを味わってほしい。

端的に言えば、自分が未熟なのだという自覚を抱いて今後に活かしてほしい。

少年は私の言わんとすることを察し、恥ずかしそうに頷いた。

「……心得ました。ですが、せめてお名前を……！」

「あーー……もしどうしてもお礼をしたいなら、ガルデナス家のマーガレットお嬢様宛てにお礼の手紙を送るように。それじゃ」

ガルデナス家の名前を出した途端、全員が顔を青くして平伏した。

「そ、そういうのいいからさっさと下山する！」

「はっ、はい！」

そして私たちは、恐縮している冒険者たちを置いて逃げるように立ち去った。

そういえばさっきからマーガレットは何も言ってこない。

もしかしてバテて会話する余裕もないのか、あるいは勝手に名前を出したことを怒っているかと心配して振り返る。

「ごめん。勝手に名前出した。あと行動食渡しちゃった」

「それは別にいいわよ……自分の名声を上げなさいよとは思うけど」

「名前を伝えてウチに来られるほうが面倒くさい。執事とかメイドとかいないし、追っ払うのも一苦労」

私は下宿暮らしだ。王都に勉学に来ている貧乏貴族向けの寄宿舎の一部屋を借りており、寮母に面倒をかけると追い出されかねない。

「あんたらしいわね……」

くっくとマーガレットが笑いだす。

はて、そんなに面白い話だっただろうか。

「……だ、大丈夫？」

「大丈夫じゃないわよ。めちゃめちゃ疲れてるの！」

あっ、これ疲れすぎてハイになってるやつだ。

「そろそろ休憩を……」

「でも、足が痛くないのよ！」

と思ったら、違った。

マーガレットが相当疲れているのは確かだが、同時にその目には発見と感動があった。

「靴ずれもしてない！　マメもできてない！　膝を深く曲げてもへっちゃらよ！　冒険者がへばっちゃうような道をわたしも歩いてる！　こんなの信じられない！」

貴族令嬢は自分の足で遠出などしない。

ピクニックやハイキングに行くにしても馬車が多いし、そのときに履く靴だって歩行に適したものではない。夜会や晩餐会には、当然のごとくヒールの高い靴で出かける。

それを望んでいる人であればよい。ヒールには美学がある。

だがマーガレットは夜会のダンスは嫌いだという。

足が痛くなるから。

それを我慢して夜会に行くのは仕事のようなものだと言っていた。

だから痛みから解放されて行動したときの喜びを、マーガレットは今まで知らなかった。

「……それが、あなたの作った靴。あなたを素敵な場所へ連れていってくれる、素敵な靴」

「作ったのはわたしじゃないわよ」

「あなたが窓口になって動いてくれたからできた。職人の腕は大事だけど、依頼する側のコミュニケーションがしっかりしてなきゃよい靴はできない」

「あ、ありがと……靴もだけど、トレッキングポールもいいわね」

恥ずかしさをごまかすように、マーガレットがトレッキングポールを撫でる。

「ポール、いいでしょ？」

「ちょっとゴツくてどうかなって思ってたけど……うん、いい子よ。名前つけてあげようかしら」

マーガレットが嬉しそうに、自分の履いている靴とトレッキングポールを見る。

作り手に愛されるとは、道具たちも幸せだろう。

「ゆっくり考えるといい。あと、ゴツいと思うなら可愛いデザインとか考えて」

「考えるのはいいけどあげないわよ」

あかんべえとばかりにマーガレットが悪態をつく。

現金なことだと思いつつも、その喜びは私もよくわかる。

自分の足にフィットした靴で山を登ったときの感動は、私も忘れられない。

「……まだまだ先は長い。感動するには早い」

だからこそ、このまま彼女には山頂に登ってほしいものだ。

だがそんな私の忠告に、マーガレットは眩しい笑顔を浮かべる。

「わかってるわよ。行くわよ！」

「あ、水分補給と栄養補給もしておいて」

「教育係のメイドみたいなこと言わないでよ、まったく」

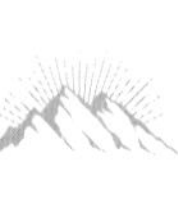

林道を抜けた先には青々とした空、そして鮮やかな赤紫に彩られたツツジが私たちを出迎えてくれた。この世界における正式な名前はわからないが、ムラサキヤシオツツジっぽい。

ああ、こういうときにスマホやカメラがあればなぁ。

風情ある人は心に刻んで詩を綴ったり絵を描いたりするのだろうが、私は文芸や芸術は得意ではない。今、この瞬間を切り取ることのできる現代機器が欲しい。

ま、ないものねだりをしても仕方がない。

登山が終わったら、ツツジの美しさを日記にでも書き記しておこう。

「いい。山に来たって感じ」

だが、花に見とれる横でマーガレットが怪訝な表情を浮かべていた。

「ん？　どうしたのマーガレット？」

「風景はすごく素敵なんだけど……たまに妙に臭い空気が漂ってきてない……？」

あ、そっか。マーガレットは嗅ぎなれていないんだ。

「硫黄や硫化水素。温泉の源泉が近くなってきた証拠」

「え、温泉ってこういう匂いがするの……？」

「人が入る温泉はここまで臭くない。温泉とは別の、どこかの噴気口から漂ってきてる」

「ちょっと萎えたんだけど、大丈夫よね……？」

「危険なところは危険。致死量のところも多分ある」

「死ぬの!?」

マーガレットがめちゃめちゃ驚いた。

しまった、温泉をさほど怖いと思っていない日本人的な感覚で物を言ってしまった。

「だ、大丈夫。ちゃんと整備されたルートを歩く限り死亡はない。王都を守っている聖地がここの噴火も抑えてる。ガスが濃くて危険なところに行かないよう道もちゃんと整備されてる。ほら」

私が指し示す方向には、ちゃんとロープが張られて『ここが順路ですよ』と示されている。聖地や他の山と違って、ここは常に誰かが山小屋に常駐しているので事故は少ないらしい。

「う、うーん……そういうものなの……？」

「王都にだって立ち入り禁止の場所はある。魔法の実験場とか鍛冶場の炉とか。それと同じ。入っていけないところには入らない」

「でも素人にはわかりにくいわよ。うっかり順路を間違えることだってあるじゃない。そういうときはどうするの？」

「精霊を召喚して案内してもらえばいいんだけど……当然、無理なときもある」

「そうよね」

「歩けるなら、基本的には来た道を引き返す。歩く体力がないとか暗くて危ないときはビバーク。テントとか防寒シートとかで寒さを凌いで体力を回復させる」

「まあ、それもそうね」

「ただ、道から外れちゃってると『どこから来たのか』がわからなくなるときもある。そういうときは、上を目指すのも一つの手」

「上？」

私が指をさす方向には、山頂がある。

その高さを見て、マーガレットがごくりと唾を飲み込んだ。

「え……でも、山頂に行ったらふもとから遠くなるんじゃないの？」

「遠くなる。だけど上から見下ろせばどこがルートなのかすぐにわかる。あなたを見失った人やあなたを探す人も、あなたを見つけやすくなる」

この世界に救助ヘリはないが、動物を使役したり精霊に頼んで行方不明者を探す方法は確立されている。見つかりやすい安全な場所に行くのは有効だ。

「……あー、なるほど」

「うん。適当に下りやすいほうに下ると崖とか滝とか川にぶつかりやすい。見晴らしが悪くて藪を抜けた瞬間、崖に気づかずに足を踏み出すと……わかるよね？」

「そ、それは確かに怖いわね……」

「火山だと、うっかり火山ガスが滞留してるところに下りちゃうとかも怖い。風が遮られてるのに雑草も生えてないハゲた場所に出たら注意して。ガスが植物を枯らしてたりする」

「わ、わかったわ。自分が意識を失ったら解毒魔法を使うどころじゃないしね」

「……ん？　解毒魔法？」

まるで治せるような言い方だ。

「硫黄と硫化水素でしょ？　一応、鉱物の解毒は習ったわ。……とはいえ、倒れてからすぐに魔法をかけないと治せるかどうか怪しいけど」

え、マジで？

「虫とか蛇とかの毒って治せる？　あと外傷とか捻挫とかは？」

「そっちの方が簡単よ。まあ蛇の毒の強さにもよるし、怪我の方は骨折までいくと難しいけど」

「……けっこうすごくない？」

治癒魔法の使い手でそれほど熟達している子は、同世代ではなかなかいない。

ケヴィンが褒めるのもわかる。

「ふふん、騎士団長の娘だもの。武具の手入れとか、治癒魔法とかは子供のころから叩き込まれたわ」

こんなにスペック高いのに、どうしてこの子は妙に自信がないのだろう。

誰に憚(はばか)ることなく生きる能力がありながら、どこか他人の顔色を窺(うかが)っている。そんなことしなくったってあなたは大丈夫だろうに。

「あなた、なんでもできるでしょ……。治癒魔法も使えて、武具の手入れもできて、職人と話をつけてオーダーメイドの登山用品も作れる。独立して自分の看板で商売したら？」

私の呆(あき)れ気味の言葉に、マーガレットは不思議そうに答えた。

「はぁ!?　なんでそんな面倒なことしなきゃいけないのよ」

「いいと思ったんだけど……」

「器用貧乏なのよ、わたし。いろいろできるけど、これだってものはないし。あんたとは違うわ」

うーん……いろいろともったいない。

「そうは思わないけど……まあ、無理強いするつもりはない」

「そうして。特に治癒魔法はね」

「ん？　そうなの？」

「こういう場所ではできるだけ使いたくないわよ。わたしの体力が尽きるから、背負ってもらって下山することになるわよ」

「なるほど」

「治癒魔法を使うだけ使わせて、体力が尽きた使い手をポイ捨てするような悪い人……世の中にはいるわよ。戦場とかこういう場所で治癒魔法を使うのは、使い手にとって覚悟がいることなの。どうしてもってときに迷うつもりはないけど、安易に頼らないで」

マーガレットの言葉には、今までにない厳しさがあった。

治癒魔法の使い手は褒めそやされる。

人の傷や病を治すという尊い仕事をしている。

だがその有能さの裏側には、治癒魔法の使い手だけが知る恐怖があるのだろう。

「……わかった」

「わかればいいわ」

「温泉でのぼせたときだけにしとく」

「わかってないでしょ！」

「冗談冗談。あなたに、無事に山を案内するのが私の仕事。あべこべにはしない」

「まったく、そうしてよね」

やれやれとマーガレットが溜め息をついて苦笑する。

「じゃあ、そろそろ先に行こう」

足を止めて雑談していたので体力も回復してきた。

そして再び歩き出すと、景色から背の高い樹木の姿が消えていった。

このあたりで目に映る植物は高いところにしか生えないくせに背が低くて謙虚なハイマツばかり

で、地面にはゴロゴロと岩が転がっている。

森林限界だ。

山において一定の標高を超えると、高木が生育できない環境、つまり森林限界に辿り着く。

活火山なら硫化水素が噴出していたり、水を溜め込みにくい土壌だったりの条件が重なり、標高の低いところで森林限界に至る。だからザ・山！って感じの景色にすぐにお目にかかれてお得だ。

ほんと、火山って最高だよね……愛してる。

アイラブボルケーノ。

「ちょっと風が出てきたわね……あー涼しい……」

周囲を遮るものが減って、やや風が強くなっている。

マーガレットは心地よさそうに風を浴び、私もその風に身を任せる。

まだ心地よい範囲で寒くはない。

二時間以上歩いたが、休憩と補給も適時取っているので体力の問題もない。

そしてようやく今日の目的地の一つが見えた。

「あっ！　あれじゃないの!?」

「うん。今日の宿泊地」

木造二階建ての、大きな建物があった。

山小屋だ。

「って……通り過ぎるの？」

「まずは山頂に行って、そこで昼食にしよう。山小屋にチェックインするのはその後」

私の言葉に、マーガレットががっくりと肩を落とした。

「えー……そろそろ温泉入りたいんだけど……」

「まだ我慢。明日は昼くらいから雨が降る。山頂に行くのを明日に持ち越すと面倒くさい」

「あー、それはそうね……仕方ないわね……」

先にチェックインするくらいはしてもよかったが、ちょっと時間が早い。

テント場だったらさっさと場所取りしたほうがいいんだけど。

「マーガレット。地図見て」

「ん？」

私が懐から紙を取り出す。

タタラ山の全景が平面で描かれている地図だ。

「ここが山小屋。で、この先から坂がキツくなるし足元も悪くなる」

「ふんふん」

「ガレ場……石や岩が転がってて歩きにくいところが出てくる。転ばないように気をつけて」

「わかったわ」

「二〇分くらい進めば山頂」

私の言葉に、マーガレットの顔がぱぁっと明るくなる。

「そっか、よく考えたら七割か八割くらいすでに歩いたんだものね……このくらいの道、楽勝よね！」

「う、うん」

そういうことにしておこう。

「ほらほら、ボサッとしてないで行くわよ！」

そういうことになった。

「ちょっと！　どこが楽勝なのよ！」

荒い息を吐きながら、マーガレットの文句が響き渡る。

「楽勝と言ったのはあなた」

「わたしはね！　道なら楽勝って言ったのよ！　これ、道じゃないわよ！　崖って言うのよ！」

「崖というほど急じゃない。斜度は三〇度以下。多分」

とはいえ、実際に歩いてみるとかなりキツい。

自転車レースで言うところの激坂を超えている。

しかも、山頂に近づけば近づくほどもっと急になっていく。

「そんなの嘘よ……絶対四五度とかあるでしょ……」

「残念ながら、それはない」

「あるって！　それに足元も悪いしキツい！」

「そこはごめん。地図見てガレ場だと思ったけど、ザレ場だった」

ザレ場とは、たくさんの小石が広がっている場所だ。

ガレ場よりも足を取られて転倒しやすく、またくるぶしが出ている靴を履いていると小石が入り込んできて痛い。

足首まで覆ってくれる登山靴のありがたみを私は感じていたが、マーガレットはそれどころじゃないようだ。年頃の女の子がしてはいけない表情でぜいぜいはぁはぁと荒い息を吐いている。

「大丈夫。もうちょっと」

「わたしわかった。あんたの『もうちょっと』は信用できない」

マーガレットもわかってしまったようだ。

関西人の「行けたら行く」と、山人の「もうちょっと」は信用できないということに。

いや、本当にもうちょっとなのだ。でも「もうちょっと」こそが一番キツいので「どこがもうちょっとなの!?」と疑問に思われてしまう。

さらに悪いことに、風が強くなり霧も出てきた。

暴風というほどではないが、歩きにくさを感じるくらいには強い。

声も、相手に伝わるように意図的に張り上げなければいけない。

「マーガレット！　歩き方を変えよう」

「歩き方って、なにするのよ……。手をついて猫みたいに登るの？」

「もっと傾斜のキツい山ならそれが正解」

「本気で答えないでよ」

「ジグザグに歩こう。坂に対して直進するからつらく感じる」

坂をまっすぐ登らずに斜めに進めば、体感としての斜度は低くなる。

足を大きく上げることなく、一歩一歩、転倒のリスクを下げて歩くことができる。

日本の峠道がうねうねしてるのも、斜度を抑えるためだ。

ただしデメリットもある。

ジグザグに歩く分だけ歩行距離は長くなる。

「う、うーん……そっちの方が安全そうね」

マーガレットはすぐにメリットとデメリットに気づいて悩んだが、最終的に同意した。

転倒を怖がりながら歩くより、安全に行ったほうが体力の消耗は防げると判断したのだろう。

「トレッキングポールに頼りすぎない。坂道だと頼りたくのもわかるけど」

「体重を預けすぎると転ぶってことでしょ。わかってる」

「正解」

水を一口飲み、深く息を吸って、大きく吐く。

五分歩いては、一分休む。

四分歩いては、一分休む。

一〇歩進むごとに息を整える。

「がんばれ、マーガレット」

「うん」

私は転生前の記憶を取り戻すと同時に、なぜか体力や身体能力が上がった。

体が記憶に追いつこうとしているんだと思う。

だがそれでも小此木彰子の全盛期には全然遠い。

つまり、私もちょっとキツい。

マーガレットにもザックを持たせているが、重いものは基本的に私のザックに入れている。

非常食など多めに持ってきており、実質二人分の荷物が私の背中にある。

それでもマーガレットを導かなければという義務感が私の足を動かし、私の頭を冷静にさせる。

「マーガレット、背中を丸めすぎない」

「わかった」

マーガレットは息も絶え絶えといった様子だ。

それでも足を止めはしない。

意地と根性で歩いている。

「マーガレット。大きめの石がある。避けて」

「わかってるって」

この世界の人間は、けっこう体力がある。

だが不思議と、自分に体力があると思っていない。自宅から駅まで一〇～二〇分を歩き、地下深くまで上り下りして電車に乗り、さらに会社や学校まで一〇～二〇分を歩いて通勤通学する都会人のように。

マーガレットはその典型だ。常日頃の送り迎えは馬車。綺麗な装いをして、庶民から羨ましがられる生活をしているが、それでもやらなければならない労役や仕事は多い。

もっとも大変なのは社交だろう。

エスカレーターのない広い宮殿を移動して挨拶を交わし、ダンスを披露する。そして騎士団長である父親が出席する式典は長時間に及び、苦しい表情を浮かべることは許されない。

普通の来賓よりも休憩できる時間は遥かに少ないのに、苦しい顔をひた隠しにしなければいけない。「自分は恵まれていて、守られている側なのだから」という自認が自信を削り取る。

マーガレットのような貴族令嬢の人生の中で、自由は少ない。

仮に自由が与えられるとしても、それはたまたま親の意向やご機嫌と合致しているときだけで、そうでなければ許されることは少ない。

彼女がその不自由さに絶望しても、「これは庇護の代償である」と自分を説得しながら長い人生を生きることだろう。

没落したがゆえに自由を得られた私は、例外中の例外だ。

「マーガレット。靴職人のおじいさん、いい人だと思う」

「うるさい！　大叔父様が優しいなんて、わたしが一番わかってるわよ！」

マーガレットの大声が、私たち以外誰もいない山肌に響く。

「そっか……親戚なんだ。でも、騎士じゃなくて、職人なの？」

「あの人は……お祖父様の弟なの……。でも、戦うのは苦手で……物を作るほうが好きで……。一族の仕事を優先したり、子供の教育係をすることを条件に……家を出て、靴職人になったの……。だから……子供の頃からわたしや妹の面倒を見てくれて……」

そこでマーガレットの言葉が止まった。

すぅ、はぁと、大きな呼吸をしている。次なる言葉を吐き出すために。

そして息が整ったところで、振り向かずに叫んだ。

「……っていうか、なんでこんなこと話さなきゃいけないのよ！」

「マーガレットの口から聞きたいと思ったから。それにあなただって、私のことを根掘り葉掘り聞いてきた」

「それは！　あんたが、天魔峰に行くなんて言うからよ！　わたしには……そんな夢、ないもん！

あんたなんかより、全然つまんない人間よ！」

「そんなことない」

「わたしの……何を知ってるっていうのよ……！　こんなイザコザがあったのに大好きな友達だとでも言うつもり!?　人生相談にでも乗ってくれるわけ!?」

「……マーガレット。私はあなたに怒ってる。許せないって思った」

「そりゃーそうでしょうね！　人の婚約者を奪う性悪女なんて、存分にお嫌いになってくださるかしら！」

「勘違いしないで。ケヴィンの話じゃない。あなたは靴を作ってくれた。だからそんな過去のことなんてどうでもいい。忘れた」

「……え？」

「あなたが、あなたを尊重する人の言葉を軽んじているから。あなたを軽んじてる人を怖がって、優しい人の言葉を拒否するから。それが許せなくてここまで来た。友達と思ってなかったらこんなところまで来てない」

あの日私は、マーガレットを敵にしようと思っていた。

これから始まるであろう人生の長い旅路において、私の心の熱が冷めかかったときに「あいつを見返してやる」という怒りと憎しみの薪にしてやろうと。

婚約者を奪ったのみならず天魔峰に行くという決意を伝えて嘲笑されたならば、遠慮なく恨むことができる。登山道具を作ってもらえなくても、怒りの炎が燃えさかるのであれば上等な結果だろうと思った。そんな打算があった。

けれど、マーガレットをいい子だと思ってしまった。

私のような異物と、一対一で話をしてくれた。私など、執事やメイドに任せたところで問題などなかったはずなのに。

天魔峰に登って聖女になるという、与太話(よたばなし)としか思えないはずの話に笑うことなく耳を傾け、私の思い描くものを作ってくれた。

恋人とさえ分かち合えなかった夢を笑うことなく、それどころか真剣に協力してくれた人を、どうして嫌いになれようか。

嫌いじゃないから許せなくなったのだ。

「たまたまあなたがいないとき、靴職人のおじいさんのところに行った。靴の設計について相談するつもりだった」

「……わたしが窓口なんだから勝手なことしないでよ……。あんたはわたしに依頼したんでしょ」

マーガレットが私を非難する。

だがそこに先ほどの怒声の勢いはなかった。

「おじいさんは、あなたのことで私に謝ってきた。びっくりするぐらい丁寧に」

「……なんでよ……バカね……。わたしが悪いのよ……大叔父様は関係ないじゃない」

「私の目から見て、あなたの親がやるべきことをやったのは、靴職人のおじいさんだった。そんな人が、あなたのためにこの靴を作った」

「だから……そんなの、そんなこと、わかってるわよ……。あの人に、感謝してるに決まってるじゃない……！」

この先の長い人生、不自由さを嘆いたとき、どうか思い出してほしい。

一歩を踏み出すことができるならば、どこへだって行けるということを。

その一歩を守ってくれる人がいるということを。

あなたが私の話を聞いて行動してくれた以上に、ずっとずっと、あなたのことを思いやってくれる人がいるということを。

「マーガレット、マーガレット」

「わたしも、あなたのこと、なんかもう友達だって思ってるわよ……嫌いじゃないわよ……！」

「マーガレット、ありがとう。でもそうじゃなくて」

「待って……山頂に到着したら話はいくらでも聞くから……。ちょっと深呼吸する……」

「もう、着いたよ」

「は？」

山頂が近くなると傾斜がキツくなり、転倒しやすくなる。

背中が丸まって、顔を上げる余裕もなくなり、足元ばかりを見て、前を見ようとしなくなる。

すると、ひどく馬鹿げたことが起こる。

山頂に到着したのに、言われるまで気づかないのだ。

「あっ……ああっ……！」

私たちの眼前には、大きな大きなすり鉢状の穴がある。

この山の火口だ。

火口の周囲には空があり、自分たちの足元より低い場所に、ちらほらと雲がいくつか漂っている。

そして頭の真上にも小さな雲があった。

いや、正確には頭上にあったというより、頭上へ移動したのだ。

私たちが山頂方向に歩いてるときの霧こそがこの雲であり、雲が去ったことで青空が見えている。

「あ、そっか……今……私たち……雲の中に入ってたってこと？」

「うん。よくある」

「よくあるんだ」

「すごい」

「うん、すごい」

マーガレットが笑った。

誰に憚ることもない大声で、自由に。

「やったぁー！　あーっはっはっはっは！　ここまで来たんだ！　来ちゃったんだ！」

「ほら、楽勝だった」

「死ぬほど大変だったわよ！」

「楽勝と言ったのはあなた」

「それ繰り返すのやめて頂戴！」

恥ずかしがるマーガレットが妙に面白く、私も笑った。

しばらく、私たちの笑い声が山頂に響き渡った。

最強ポーター令嬢は好き勝手に山で遊ぶ

~「どこにでもいる
つまらない女」と
言われたので、
誰も辿り着けない
場所に行く
面白い女に
なってみた~

巡礼届

オコジョとカピバラ

巡礼者

役割	性別	年齢	氏名

同行冒険者

役割	性別	年齢	氏名

装備・魔法等

- ☐
- ☐
- ☐
- ☐
- ☐

備考

「さて、お昼にしよう」

座ることができそうな岩を見つけ、布を敷いて腰を下ろした。

「何食べるの？」

「ま、見てて」

私はザックの中から小鍋と小さな水筒を取り出した。

その水筒の中に入っているのは、米と水だ。

一合よりやや多めのお米と、それを炊くのに必要な水を計量して入れてきた。

「ふーん、お米かぁ」

「嫌い？」

「まあ、嫌いじゃないけど……」

ありがたいことに、この世界にはお米がある。

だが米のヒエラルキーは低く、小麦のパンより下だ。

そばがきや大麦の粥と同じくらいで、貴族が好きこのんで食べることはない。

もったいないなぁ。

ともあれ、水に浸けておいた米を小鍋に入れて蓋をする。

そして先ほど、精霊を呼び出すために使った簡易祭壇を取り出す。

「ん？　お昼ごはんなのにまた精霊を呼び出すの？」

「いや、これは焚(た)き火(び)台兼用だから」

そう言って私は、簡単な火魔法を唱えた。

「文明の火よ。我が祈りの祭壇に灯(とも)りたまえ……【種火(プチファイア)】」

すると、祭壇の中央に小さな炎が灯った。

精霊魔法ではなく、生活魔法というカテゴリーの魔法である。

調理場の窯に火を入れたり、少量の水を生み出したりができる。

もっとも失われる体力や魔力を考えると、水筒いらずというわけにもいかない。火や風を出す魔力は大したことはないが、水という物質そのものを生み出すのはけっこう疲れる。なのであくまで非常手段かな。

「……そ、それはさすがに不敬じゃない？」

「え、そう？」

マーガレットが微妙な顔をしてこちらを見ている。

「精霊様ってそれやって怒らないの？」

「怒らないけど……。精霊魔法の使い手の間では、祭壇と焚き火台を兼用するのは常識」

そもそもこの祭壇は薄い鉄板を組み立てただけのもので、オカルト的な力は何も宿っていない。

精霊魔法において大事なのは祈りが九九パーセントだ。

で、精霊魔法の使い手は基本的に旅人や巡礼者である。

自分が使っている小型焚き火台をそのまま祭壇として流用しているだけで、祭壇を焚き火台にするという順番ではない。

「さて……音が変わってきた」

米を上手に炊くには、時間を計測するのが一番簡単だ。

これくらいのお米の量なら一二分か一三分というところだろう。

とはいえ私たちは時計を持っていない。懐中時計はすでにこの世界に存在しているらしいが、金貨を何十枚と用意しなければいけない超高級品だ。

街中であれば鐘楼が鳴り響いて時間を知らせてくれる。野外であれば影の傾き具合で判断するか、精霊を呼び出して「今、何時？」と聞くしかない。精霊が誤差プラマイ三〇分くらいの大雑把(おおざっぱ)さで教えてくれる。つまり役に立たない。

なので米の炊き具合は音で判断する。

中火で鍋を熱していれば水が沸き、グツグツという煮立つ音になる。そこから焦げるようなバチバチという音に変化したら火から外し、蓋を閉じたまま蒸らす。

ちなみに、標高の高い山で炊飯するときは注意してほしい。今、私たちがいる一六〇〇メートルくらいだったらまだなんとかなるが、二五〇〇とか三〇〇〇メートルだと水の沸騰する温度が九〇度くらいになってしまって、米に火が通りにくくなる。

最悪、鍋の底が焦げているのに米の芯が残ってボソボソになる。美味(おい)しい登山メシ作るぞって意気込んで炊飯が失敗するとほんとつらい。

なので富士山とか標高の高いところの山小屋で美味しいお米が出てくるのは、料理人の腕が良いからなのだ。もしそういうご飯を食べる機会があれば、何気なく食べるだけでなくその技術に感謝してあげてほしい。

「お昼はお米だけなの？」

「まさか。ちゃんと用意してる」

蒸らしが終わるまでの間に、メインのおかずを調理する。

私はザックの中から、油紙でしっかり包んだアレと、小瓶を取り出した。

「何それ？　お肉？」

「泥竜（でぃりゅう）の身の一夜干し」

私の言葉に、マーガレットは少々ガッカリした顔を浮かべた。

「……えぇー、もっとパッとしたやつにしなさいよ。なんか野暮ったいわね」

「うるさい。手伝え。肉を金串に刺して炙（あぶ）るだけ」

まったくもう、とマーガレットはぶつぶつ言いながら手伝う。

だが料理は得意なのか、手際は悪くない。

「塩とか振るんでしょ？　何かないの？」

「乾燥させるときに薄く塩を塗った。でもそれだけじゃない」

私は小瓶を開けた。

これはジェネリック・うなぎダレである。

この世界に醤油はなく、そして味噌もない。

だが、醤油味っぽいタレを作れないわけではない。

玉ねぎ、トマト、ニンニク、りんごをみじん切りにしたものをひたすら煮詰め、そこに砂糖、塩、お酢、酒、魚醤、香辛料を加えてさらに煮詰めてドロドロにすれば、私特製ソースのできあがりだ。

私は料理にそこまでこだわらないほうだが、タレやソースに関しては謎のこだわりを持っていた。

多分、心のどこかで醤油の味を求めていたのだと思う。

「これを付けながら炙っていく」

泥竜の味は、ウナギに似ている。

味わいは淡泊だが皮目にはしっかりと脂がのっており、軽く焦げるくらいまで焼いたときの香ばしさはタレとマッチして素晴らしい味わいになる。

塩を振るだけでも十分美味しいといえば美味しいが、やはりタレだ。

「あら……いい香りね……？」

泥竜の身にタレを塗り、ひっくり返して反対側もタレを付ける。

タレが祭壇の火に落ちて白煙を上げる。

軽く咳き込みそうになるが、ここから立ち上る香りがまたたまらない。

「ごくっ……」

「もう少し火から離して。もう少しで中に火が通って食べごろになる」

「わかったわ」

マーガレットがその美味なる気配に気づき始めた。

そわそわとしながら私と泥竜の身を交互に見る。

行動食を食べてはいたが、最後の頂上までの登りはキツかった。

お腹も減っていることだろう。

「ご飯の蒸らし具合もいい感じになってきた」

小鍋を開けると中にこもっていた蒸気が立ち上り、そこからふっくらと炊かれた、白く美しいご飯が現れる。

一人分のご飯を皿に盛って、その上に炙っていた泥竜の身をのせる。

さらに余ったタレをたらす。

だくだくなくらいが丁度いい。

そして自分の分は、小鍋をそのまま食器として使うことにする。

「……あんたが作ったんだから、あんたがちゃんと盛り付けたほう食べなさいよ」

「めんどくさい。そっち食べて」

むしろ私としてはクッカーや調理器具からそのまま食べるほうが特別感があるのだけど、多分マーガレットには「あんた何言ってんの？」としか思われない気がする。

向こうはお皿に盛り付けたものに特別感を感じているのだろうしウィンウィンだ。

「あ、ありがと……じゃあいただくわ」

妙に恥ずかしそうな様子でマーガレットはスプーンで泥竜とご飯をすくい、口に入れる。

その顔がとろけた。

「……っ！」

そしてこっちをガン見する。

わかったわかった。

「言葉はいらない。食べなさい」

私も食べる。

初めて食べるわけでもないが、それでも山頂で食べるのは特別だ。

美味しい。

ひたすらに、美味しい。

疲れ果てた体。

雲海を見下ろせる美しい天上の景色。

そこに暴力的な美味しさという要素が加わったときの万能感は筆舌に尽くしがたい。

登山家は訳知り顔で、「まあ山頂で食べる飯はなんでも美味しいんだけどね」とよく言う。確かにそれはその通りだ。

だが、だからこそ、美味しいごはんを山頂で食べたら、美味しさが二倍三倍になってより幸福になるのではないか。人間はもっと幸福を追求するべきだと思う。

だから私が鰻丼、もとい泥竜丼を食べるのは正しい。これこそが世界の真実だ。

それにしても一夜干しにしたのは正解だった。

身は崩れにくくなって適度に歯ごたえがあり、だが普通の干物のようなモソモソする感じはない。

何より、水分が抜けたことで皮と身の間の脂や旨味がぎゅっと凝縮されている。

ふわふわ感は薄れているが、その分しっかりした食べごたえを感じられる。

皮のパリッとした焦げ目もよいアクセントになっている。

タレも素晴らしい。

醤油のない世界でも完成度の高いものを作ることができた。

少し硬めに炊いたご飯に泥竜の身とタレが絡み合っていくらでも食べられてしまう。

もうちょっとご飯炊いてもよかったな。

「あ、マーガレット、山椒粉使う?」

「山椒粉?」

「香辛料。爽やかな香りがする」

嬉しいことにこの世界にも山椒があった。

ただ、あく抜きした山椒の実を食べるというレシピが主流で、乾燥させて粉にして振りかけるのは見たことがない。よって山椒粉も自作した。

木製の小さな容器から、山椒の実と葉をすり潰した粉を少量振りかける。

スーパーで売っているものとは違い、作って何日も経っていないためか驚くほど香り豊かだ。

ほんのりとスパイシーながらも青々とした香りが、口に入れる前から広がっていく。

「それも美味しそうね……」

「あんまりかけすぎると味が変わるから、ちょっとでよい」

マーガレットも私の真似をしてぱらぱらと山椒を振りかける。

そして一口頬張ると、目が爛々と輝き出す。

よほど気に入ったようだ。

もう二回ほど振りかけて、一心不乱に食べている。

さて、私も食べよう。

さほど風が強くない今のうちだ。

私たちは静かな山頂で、美味がもたらす無言と満足感をひたすらに味わった。

ご飯を食べて食休みをして、体力もそれなりに回復してきた。

「お鉢巡りをしよう」

「オハチメグリ？　なにそれ？」

「噴火口をぐるっと一周すること。ほら、反対側の方、歩いてる人いるでしょ」

私が指をさすと、マーガレットもなるほどと気づいた。

噴火口の反対側には十数人の登山客がいる。

多くはそこで休憩しているが、そこから歩いてこちらに向かってくる人もいる。

「ふーん。まあ、いろんな景色が見えるのは楽しそうね」

「祠も向こうにあるから、一応お祈りしていこう」

「あんた、巡礼者なんだから一応とかじゃなくて真面目にお祈りしなさいよ」

「わかってるわかってる」

そして祭壇を片付け、ゴミも回収してザックを背負った。

「……思ったんだけど、焚き火とかでよかったんじゃないの？　肉の脂で祭壇が汚れるじゃない」

「んー、やらないほうがよい」

地球だと基本NGだし。

「なんで？」

「直火で焚き火をすると灰が地面に落ちる。灰は自然に還らない。ずっと残り続ける。一回一回で出る灰なんて大した量じゃなくても、何年とか何十年とかの単位で見たとき大量になる」

日本では、標高の低い場所にあるキャンプ場でさえ直火の焚き火禁止の場所は多い。

焚き火台を使い、さらにその下に耐火シートを使うというルールが定番だ。

「それに、炙ったときに出た脂とか食べ残しとか捨てちゃうのもよくない、ていうかダメ。山頂は本来、普通の生き物が生きていける場所じゃないのに、食べ物を目当てに動物が来ちゃう。環境が変わっちゃう」

「……意外ね。あんたそういうところ真面目なんだ」

「意外とは失礼」

むすっとした顔で反論するが、マーガレットは慌てて言葉を付け足した。

「だって、神聖な場所を尊重する価値観とか敬虔さとかってないと思ってたから……。巡礼者になるのだって、肩書が欲しいとか言ってたじゃないの」

「それはそうだけど」

「まあでも、いいことだと思うわ。そういう真面目な考えしてるならちゃんと言葉にしたほうがいいわよ。外聞のよさとか、太陽神様を敬ってるって姿勢は身を守る武器でもあるんだから。ソルズロア教はそういうところあるもの」

マーガレットは褒めてくれるが、私の考えとは少しずれている。

私はあくまで環境保護の観点での行動だが、この世界の人にとってそれに近い概念は宗教だ。

神様という観点のない環境保護は、概念を理解してもらうことが難しい。

だがそれでもマーガレットの助言は真実だった。「その思想は武器にできる」というしたたかな考えは私の中にはなく、ありがたさを感じる。

「あんたはケヴィンと違って他人にアピールするの嫌いだろうけど、時として必要なこともあるわよ」

「うん。わかった。じゃあ……」

「お鉢巡りね」

「お鉢巡りしながらゴミ拾い。手伝って」

「えっ」

エコバッグ用途として薄手の布袋を持ってきている。その一つをマーガレットに渡して私たちは歩き始めた。まったくもうやぶ蛇だったわ、助言なんてしなければよかったという文句を無視して、てくてくと噴火口の周囲を歩いていく。

「ほら、灰が落ちてる。誰かが焚き火して掃除せずに帰った」

「まったく、失礼しちゃうわね。山を愚弄（ぐろう）しているわ」

マーガレットが登山家や登山オタクみたいなことを言い出して思わず噴き出す。

私のことを真面目と言ってたが、マーガレットの方が遥かに真面目だ。

私の突然の提案に文句を言いながらもちゃんとゴミ拾いをしているのだから。

「マーガレット、あっちを見て」

「ん？　ああっ！」

私の指さす方向を見て、マーガレットが歓声を上げた。

そこには、私たちの住んでる王都が見える。

「あんなに小さい……！　すっごい……！」

「城壁と、王宮の尖塔はギリギリ見えるかな……？　学校とかは全然わかんない」

目を凝らして私たちの住む街を見るが、さすがに小さすぎる。

ここに来るまでの街道は細く、田園地帯は美しい緑一色に彩られ、石を積み上げて造られた都市はあまりにも遠い。こんなところまで来たのかという実感が強く胸に刻まれる。

そして初夏の高気圧の空もあまりに高い。こんなにも世界は広いのだ。

「……ここを綺麗にしておきたいって気持ち。なんかわかるわ」

「うん」

世界の広さを知ると敬虔な気持ちになる。

それは地球であっても、この世界であっても、変わらないのだろう。

景色を眺め、そしてゴミを拾いながら歩くうちに登山客とのすれ違いも増えた。

こんにちはと挨拶し、向こうも返してくる。

アイサツは基本だ。

神殿や聖地では身分の分け隔てなく挨拶をする。

王国が定める身分の秩序ではなく宗教的な位階の方が重視され、ソルズロア教が催す大事な行事では身分は不問とされる。むしろ身分を明かして洗礼を受ける列に横入りしようとしたり、神官に賄賂を渡して便宜を図ってもらおうとする者は罰を受ける。

とはいえソルズロア教の神官が必ずしも清廉潔白というわけではなく、また一歩でも神殿や聖地の外に出てしまえば「身分を問うべからず」というルールなど消えるので、結局は身分に縛られる。と、面倒くさい話はさておき、マーガレットも私も貴族であり、今、噴火口にいるほとんどの人間より高い身分だろう。こちらからへりくだる分には何の問題もない。

「こんにちはー」

「どうも、こんにちは」

「こんにちは！」

さわやかな登山者の挨拶が噴火口にこだまする。

ゆっくり歩いてトレイルランをしないのがここでの嗜み。

そんな清々しい気分になりながら火口の三分の一ほど歩いたところで、マーガレットがふと疑問を口にした。

「あれ？　なんかこっちにいる人、多くない？　山頂の入り口からけっこう遠いのに」

「あー……」

私がどう答えるべきか迷っていると、たまたま話が聞こえたのか、通行人のご婦人が驚いた。

「ええっ、お嬢ちゃんたち、タタラ旧道から来たのかい⁉」

「タタラ旧道？　なんですかそれ？」

「タタラ新道ができる前のルートだよ。ほら、こっち側の新道は中腹まで乗せてくれる地竜便があるし、傾斜は緩いし、湯治に来た客はみんな新道を使うのさ」

ちっ、バレたか。

「……カプレー」

「もうそろそろ祠。がんばろう」

「ちょっと！　地竜便のこと教えときなさいよ！」

地竜便とはステゴサウルス的な感じの竜が馬車を引っ張ってくれるサービスで、地球で言うところのケーブルカーやリフトに近い。利用すれば歩行距離は半分ほどになるだろう。

「アレは高い。それに私の巡礼の練習を兼ねてるから使う意味がなかった。無事に登頂できたし、遭難しそうな冒険者も助けられたし、全部上手（うま）くいってる」

「ぐぬぬ……！　あとで覚えてなさいよ……！」

若くて羨ましいわねぇというご婦人に手を振って別れを告げつつ、私は歩みを進めた。

ぶちぶち文句を言うマーガレットの口に、秘蔵のお菓子と水を突っ込む。

ドライフルーツを混ぜ込んだパウンドケーキだ。

「もしゃもしゃ……わたしがお菓子で黙ると思わないでよね……美味しいけど」

「真剣に申し訳なく思ってる。それより、もう少しで剣が峰。祠もある」

「ふーん……噴火口の一番高いところ、剣が峰っていうんだ」

「あ、うん。だいたい合ってる」

「だいたいって何よ」

剣が峰とかお鉢巡りとかは、主に富士山、もしくは富士山みたいな火山でよく使われる言葉だ。

本来、この世界で使う言葉ではなく、言葉を勝手に輸入してしまった感がある……ま、いいか。

ともあれ、巡礼者は山頂の神殿や祠で祈りを捧げるのがこの世界の一般常識である。

他の登山客も跪いており、私たちもそれに倣う。

「いと高きにおわします太陽神ソルズロアよ。寄る辺なき空の寒さにその御心が凍てつくことのなきよう我らが日々の歓喜と哀切の薪を捧げます。そして神の愛が炎となり空と海と大地をあまねく照らし、我らの小さな営みをお守りくださるよう切にお祈り申し上げます」

私たちの国は太陽を神として祀る、ソルズロア教を国の宗教と定めている。

神が存在しているかどうかはわからない。

私が生まれ変わったときに会話したとかも多分ない。

ただ、標高が高く太陽に近いとされる山の頂は聖地となることが多い。そして聖地で捧げられた祈りは特別な効果をもたらす。

それは、大地を鎮めることである。

より具体的に言うならば、地震や噴火といった天変地異を抑えている。偶然かと思ったが、実際に聖地を訪れて祈る者が減ると、何らかの異常が起きることは証明されているらしい。

だが聖地に祈りが集まると、それを妨害しようとする魔物が生まれる。これはよくわかっていない。大地を魔力で癒すことで生まれた膿であるとか、邪神が地中に眠っていて太陽神の力を弱めようとしているといった説が主流だが、どちらも未だ証明がなされていない仮説にすぎなかった。

ま、なんであれ聖地巡礼は人々にとって大事な儀式であると同時に、危険を伴う苦行、というわけだ。

さすがにそこまでのリスクを負えない人の方が当然多く、聖地ではない場所……街の中の神殿や、タタラ山のような山頂で祈りを捧げていることが多い。

大地を鎮める力はごくごく僅かで、ちゃんとした聖地巡礼に比べたら無に等しい。傍目には何の効果も見返りもない、ただのお祈りだ。

でもまあ、お祈りって本来そういうものじゃないかなって私は思う。

たとえ意味はなくともこうして人の手によって大事にされてきた場所だ。せっかくだから祈りを捧げておきたい。

「じゃ、そろそろ下りようか」

祈りを終えて私は立ち上がり、マーガレットに向き直った。

「……名残惜しいけど、そうね。行きましょう」

見納めとばかりにマーガレットが剣が峰からの景色を目に焼き付けている。

「また来るといい」

「今度は楽して登るから」

地竜便を黙ってたことを根に持ってるようだ。

でも、自分が山に魅了されていることには気づいていない。

「うん。楽しく、自由にやればよい」

案内されてではなく、いつか自分で登ってみせるという意気込みの発露。

案内人冥利(みょうり)に尽きる瞬間だ。


噴火口のすぐ近くのザレ場で、マーガレットが足を滑らせて尻餅(しりもち)をついた。

「なんなのよ、もー！」

下山は、登るときよりも体力の消耗が少ない。

だがその分スピードを出しすぎてしまい、足に負担がかかる。

そして身も蓋もない話だが、下山にはあんまりドラマがない。

山頂という目的地をクリアしているので、誰しもちょっと油断して集中力が途切れる。

それゆえに事故は下りで起きる。

「あんまりゆっくりでも逆に疲れるけど、集中は切らさないようにしよう。ほら」

手を伸ばすと、マーガレットは遠慮なく握り返してくる。

「ありがと」

「トレッキングポールをちょっと長めにしよう。登るときとは逆に、進行方向に突いてバランスを取る」

「う、うん」

「登りのときと同じ要領で、ジグザグに歩くのもいい。ていうか下りの方が効果が出る」

マーガレットは頷き、短い歩幅でジグザグに歩いて下りていく。

斜度のきついところを抜けたあたりで、マーガレットがやれやれと溜め息をつく。

「もうちょっとね」

信用ならない言葉を言い出したマーガレットにほくそ笑みつつそのまま来た道を戻り、一〇分程度で今日のゴール地点に辿り着いた。

タタラ山の唯一の山小屋、火守城だ。

この標高の建築物としてはとても大きく、木造ながらもどこか威風堂々たる気配がある。

「ここの山小屋の管理人は、火口の監視任務を負ってる特別なお役人。メイドや召使いじゃないから、自分のことは自分でやるように」

「わ、わかったわ」

私の注意に、マーガレットが緊張しながら頷く。

「あとお会計よろしく。ここは先払いだから」

「仕方ないわね……」

おじゃましますとドアを開けると、そこには広めの土間とカウンターがあった。

靴や足を洗うための大きなタライもある。

「いらっしゃい！　さっき予約した二人かい？　いやーよく来たね！」

「えっ、あっ、ハイ。ほ、本日はお世話になります」

「靴はそこで洗いな。風呂は準備中だからもうちょっと待ってね」

「きょ、恐縮です」

土間の先にいたのはエプロンをつけた女性で、私たちを見て驚きつつも朗らかに声をかけてきた。

また、奥にはモップを持った男性もいる。恐らくこの二人が山小屋を管理する夫婦だろう。

「……疲れただろう。茶でも飲むといい」

「あっ、ありがとうございます」

男性の方は寡黙な雰囲気ではあるが優しそうだ。

というか、なんか聞いてた話と違う。ここにいるのはけっこうな高位貴族だったはずだが、日本の山小屋と雰囲気があんまり変わらない。

（ちょっとちょっと！　怖がらせておいてなによ！　普通の食堂のおばちゃんみたいじゃないの！）

（い、いや、一応、けっこう位の高い貴族のはずなんだけど……）

こしょこしょと内緒話をするが、管理人の奥さんは私たちの困惑を察してくっくと笑った。

「あー、よく調べてるみたいだね？　かしこまらなくていいよ。ここは王都じゃないし、面倒が嫌いだからこんな山小屋をやってるのさ。ほらほら、他の客も来るんだ。荷物も下ろして、靴を洗って、部屋で休みな」

奥さんに促されるまま、大きなタライに張られた水とブラシを使って靴を洗う。

私は登山靴を愛しているが、脱ぐ瞬間の解放感もまた格別である。

「そういえば若い子のパーティーが出てったんだけど……すれ違ったかい？」

「へばってたので食料を分けました」

「あちゃー」

奥さんの質問に答えると、奥さんは安堵の溜め息をついた。

「なんだか旅に慣れてなさそうで、食料も少なそうでね。メシを食っていったらどうだいって言ったんだけど、時間も金も無駄にできない、道の途中で獣を狩るから大丈夫って言って、無理矢理下山しちまったんだよ」

となると、どこか遠くから出てきた冒険者志望の若者だろうか。

獣の多い低山と勘違いしていたのかもしれない。

このあたりにも獣は確かにいるが、森林限界を越えたあたりではさすがにエサがない。さらに精霊が言うように、今日の獣の活動レベルは低い。いろいろとアテが外れたのだろうな。

「でも無事そうならよかった。ありがとね」

「いえいえ」

「しかしあんたらは慣れてそうだね……ちょっと見ない装備だけど」

奥さんが私たちの登山靴やトレッキングポールを面白そうに眺める。

よかった、変な道具に頼るなとか言うタイプじゃなさそうだ。

「あ、カプレー。これどうするのよ」

唐突にマーガレットが話しかけてきた。

「これ？」

「あなたに言われて山頂で拾ったゴミよ！　忘れないでよ！」

「どうするも何も、ふもとに持ち帰る」

「他人が落としたゴミまで持ち帰るの？　ったく変なところでお人よしね……」

「他人のゴミ？　何か登山道に落ちてたのかい？」

私たちの会話に、奥さんが不思議そうに尋ねた。

「この子ってば、噴火口のあたりでゴミ拾いするって言い出してこんなに拾ってきたんです。ほら」

「ちょ、ちょっと、マーガレット。やめて、恥ずかしい」

というか絶対わざとだ。

管理人夫婦にアピールするつもりで私に話を振ってきている。

「あらまあ！　助かるよ！」

「ほう……。そのうち人を雇って掃除しなければならないと思っていた」

管理人夫婦が感心したように、私たちが拾ったゴミを眺めた。

「二人は……巡礼者になるつもりか？」

妙にダンディな山小屋の主人が私たちに尋ねた。

「巡礼者になるのはこちらのカプレー＝クイントゥスです。わたくしは付き添いで来ています」

マーガレットが恭しい態度を取る。

私目線ではあざといことこの上ないのだが、さすがにマーガレットは立ち回りが上手い。他人から見たら嘘(うそ)くささはない。

「自分が出したゴミならば基本持って帰ってもらうが、そういうことならば別だ。荷は軽いほうがいい。置いていくかね？」

「いえ、さほどの荷物でもないですし、訓練を兼ねてますから」

ゴミは基本的に自分で持ち帰る。

別に清掃活動に応募したわけでもないし、自分が勝手にやったことで山小屋の人の手を煩わせるわけにもいかない。

「……そうか。敬虔なる人々に太陽神のご加護がありますように」

「夕飯は期待しときな」

旦那さんが厳かに祈りの言葉を口にし、そして奥さんはばちこんという音が聞こえそうな明るいウインクを投げてよこす。

ちょっと恥ずかしい空気から退散するように、私はあてがわれた部屋に急いだ。

あてがわれた部屋は意外にも綺麗だった。
マーガレットは部屋の狭さに文句を言っていたが、芋を洗うがごとく他人の頭や足がぶつかるような狭さはない。ちゃんと一人に対して一つのベッドが用意されている。この世界の冒険者向けの宿に比べたらかなり上等だ。
汗を吸った上着を干し、部屋着に着替えてだらけていたあたりでお風呂の時間がやってきた。私たちが一番先に山小屋に来たので、一番風呂だ。

「あああああぁー……。もー死んでもいい……最高……」

温泉は露天風呂だった。

事故防止と覗き防止に木製の柵が立てられているが、それでも十分に雄大な景色を楽しむことができる。

冷え冷えとした山の空気の中で入る熱い湯は、もはや言葉にできない。歩き通しだった一日の疲れどころか自分そのものが湯に溶けて消えてしまいそうな感覚が押し寄せる。

「変な声出さないで……って言いたいところだけど……。うん……これは……最高……」

マーガレットの言葉に私も同意せざるをえない。

夕暮れの赤い光が山肌に反射して幻想的な光景を描いている。

ここに来た者だけが得られる特権だ。

「ふおおおおぉ……。歩いた甲斐があったわ……匂いはちょっと独特だけど、お肌によさそうだし……」

「そういえばマーガレット、温泉好きなの？　ここまで来てから聞くのもなんだけど」

この国は、温泉がけっこうある。湯治の旅行や温泉地への観光旅行というのは貴族や富裕層のみならず庶民にとっても憧れの行楽である。ただ温泉が好きなのは年配が多く、若い子の温泉マニアはちょっと少ない。

「好きよ。お父様の騎士団の行事に随行するときに、ゆっくり休めるのは温泉に入ってるときくらい……っていうのはあるけど」

「大変だね」

「当たり前じゃない。大変なのよ……ああー……ほんともう、ここから動きたくない」

だばだばとお湯が流れ出るところに肩を当てている。

温泉を一〇〇パーセント味わっているその姿は、まるであの動物を彷彿とさせる。

「……カピバラっぽい」

「カピバラぁ!? なんで!?」

この世界にもカピバラは存在する。

といっても、実物を見たことがある人は少ない。遠い国の書物や絵画に出てくる、可愛らしさ重視で描かれた姿でしか知らないので、実在の動物なのか、一種の魔法生物や魔物なのか、認識が曖昧である。

「寒い地域にいるカピバラは温泉が大好きらしい」

「へー……知らなかった……」

温泉が好きというか、温泉がなければ飼育が難しいという日本の動物園の事情ではあるが。だが私のイメージとしてはカピバラ=温泉だ。

「ていうか、もう少し可憐な動物に例えるようなデリカシーがあってもいいんじゃないの? カピバラは可愛いとは思うけど」

「ごめんごめん。悪気はない。時間で男女交代制だから、あんまりゆっくりもしてられない。そろそろ上がろう」

「ええー……もうちょっと入ってたいんだけど」

「やっぱりカピバラだ」

「カピバラじゃないわよ」

そんな冗談を交わしながら、私たちは赤く染められた空を見つめた。

山頂からの誇らしげなまでの雄大さとは違い、胸を締めつけるような儚さに私たちは目を奪われた。

ちょっとのぼせた。

夕飯は学生寮のまかないのようなスタイルで、メニューは固定だ。
メインの料理は、イノシシ肉、山菜、そしてキノコなどの山の幸がこれでもかと入っているシチューである。野趣に溢れつつも、ほんのりとスパイシーな香辛料が使われていてえぐみや食べにくさはまったくない。どんどん胃の中へと入っていく。

副菜はトマトや茄子などの夏野菜の煮びたし、キャベツの酢漬け、煮豆、チーズ。

飲み物は真水かお酢の水割り。お酒もあるが希望者のみ。

パンはライ麦。焼きあがってからそんなに時間は経っておらず、柔らかい。

そしてなんと、パンのおかわりが自由である。

パーティー料理の豪華さとはまた違った美味と、登山者への労りに満ちている。

「うーん……山小屋料理はあんまり外れがないけど、これはその中でもかなりの当たり」

これは美味しそうだとスプーンを取ろうとして気づいた。

マーガレットが妙に渋い表情を浮かべている。

「ん？　マーガレット、もしかして食欲ない？」

「今日一日でどれくらい食べたのかしら……」

マーガレットが、自分が食べた食事を振り返って顔を青くしていただけだった。

「今日は食べた分だけしっかり運動に使ってる。気にしないで」

「ううっ……美味しい料理が憎いわ……！」

ふふん、十代後半の人間の新陳代謝を舐めないでほしいものだ。

まあ年を重ねてきたならばいろいろと気にしたほうがよいけど。

「美味しい……くぅぅ……ほんと美味しい……」

イノシシ肉は飼育された豚よりは硬いが、旨味はすごい。

肉そのものに絶妙な味わいがあり、噛みしめるごとに発見がある。

そして肉を引き立たせているのがキノコだ。

山の天然のキノコの旨味は、町で売っているものとは段違いだ。

強い肉と強いキノコが合わさって最強になる。

バカみたいな表現だが美味しすぎて頭がバカになってるので許してほしい。

「おかわりもらってくる」

「ううっ……わたしも行くぅ……」

マーガレットも観念しておかわりをもらったようだ。

酸味のある夏野菜の煮びたしとチーズもライ麦パンにめちゃめちゃ合う。

この国の人は、なんだかお酢が好きだ。

ぶどうを使ったバルサミコ酢はあるし、その他様々な果実を使った果実酢や、米や麦を使った穀物酢もある。

隣にいるマーガレットではなく、偉人のマーガレットが衛生概念を広める前の時代はお酢が万能殺菌剤として重宝されていたらしく、お酢文化がめちゃめちゃ発達した。

今では手洗いうがい、お風呂なども定着して、お酢＝ジャスティスという感覚は薄れたし、傷に強めの蒸留酒をぶっかけるお医者さんも見かけるようになったが、おじいちゃんおばあちゃん世代は「疲れたり風邪ひいたらお酢飲んでおきな」とよく言う。水で割っても酸っぱすぎてあんまり好きじゃないけど、疲労回復にはよいので我慢して飲む。まずい、もう一杯。

「あ、お酢もおかわりどうぞー！」

一〇歳くらいのちっちゃい女の子が、小さなコップに入れたお酢を配膳してくれた。

管理人夫婦の娘さんだろうか。

「ありがとう。頂きます」

山小屋で働くちびっこが、私の言葉に嬉しそうに微笑む。

「ねえねえ、お姉ちゃんたち、二人で来たの……？　すごいね……？」

「働いているきみの方がすごいよ」

「そうかなぁ……？　一人だけで山頂行っちゃダメって言われてるし……ていうか怖いし……」

そりゃそうだ。一〇歳でソロ登山はさすがに早すぎる。

山の恐ろしさを知っている管理人なればこそ、絶対に許すことはないだろう。

「焦らなくても大丈夫だよ。誰かと一緒に歩くのは、大人も同じだから」

まあ正直ソロ登山は大好きなんだけど、パーティーを組めば可能性が広がる。

「なーに先輩風吹かせてるのよ。無茶なこと考えてるくせに。ちゃんと山を怖がってるこの子の方が大人で偉いじゃない」

マーガレットが反論しにくいことをズケズケと言ってきた。

くそう、このカピバラ女め。

「そっ、そんなことはないし」

「じゃあ、あんたが一番行きたいところってどこよ」

「天魔峰」

「てっ、てて、てっ、天魔峰!?」

ちびっこが絶叫した。

他の登山客や管理人も驚いてこっちを見る。

この山小屋に来るほど山が好きならば、天魔峰の名を知らないはずがない。

「おお……若い子は羨ましい」

「儂も若い頃は聖者アローグスに憧れて行ったな。猛吹雪で撤退したがいい思い出だよ」

「撤退で済んだならよかったほうだろう。あそこは危険だよ」

「ここのところ王都から巡礼に行く者は減っているそうだ。信心深い若者がいるのは喜ばしいことじゃないか」

聞き耳を立てていた周囲も、心配しつつも褒めてくれる空気が広がる。

あっ、ちょっと勘違いされた。

私が行きたいのは天魔峰の五合目に存在する神殿ではないし、普通の巡礼をしたいわけではない。

本当の山頂を目指し、無殺生攻略したいのだ。

ま、どちらも危険であることには変わりないのだが。

「お姉ちゃん、すっごいんだね……！」

「まだまだ、行けるかはわかんないよ。目指すけどね」

ちびっこは、虚飾のない尊敬の目でこちらを見てくる。

くすぐったい気持ちでそれを見ていると、ちびっこをひょいと抱っこする太い手が現れた。山小屋の主人だ。

「モンブラン、客人の食事の邪魔をするものではないよ」

「はぁーい」

ちびっこはモンブランちゃんという名前らしい。

美味しそう。もしくは大人になったら色白の貴婦人になりそうだ。

しかし今はまだ、パパに甘えたい盛りだろう。

「……きみはよい巡礼者になるだろう。装備もしっかりしているし、パートナーはもちろん、他の登山者のことをよく見ている」

「あ、ありがとうございます」

「太陽神のご加護がありますように」

山小屋の主人から、祈りの言葉を授かる。

めちゃめちゃ物言いたげな目で見てくるマーガレットのことはスルーした。

一九時ごろに食事を終えて部屋に戻ると、すぐに睡魔が訪れた。

今朝、ここに来るために起きたのは夜明け前だ。

馬車で多少眠れたとはいえ、長時間活動し続けたことには違いない。

私もマーガレットも、体力の限界がきており、ばったりと倒れるように眠りに入った。

が、起こされた。

「ねえちょっと、起きてよ」

「なに……眠い……あと一時間……」

「もうけっこう寝たでしょ……。今、食堂に行ったら三時半だったもの」

そういえば食堂には柱時計があったっけ。

「なに？　お腹空いたの？」

「そんなわけないでしょ……トイレ付き合ってよ……」

トイレは外にある。

まあ確かに真っ暗だし怖いのはわかる。防犯を考えたら誰かと一緒に行くのは正解だが。

「三時半ってことは……七時間くらいは寝られたかな……？　時間としては丁度いい」

「あ、じゃあ、行ってくれる？」

「うん。ご来光を見に行こう」

「いやトイレに行きたいんだけど」


トイレを済ませ、寝巻から再び登山ウェアに着替えたり身支度を済ませて、他の人を起こさないようにそろりそろりと山小屋を出る。

そこは、暗黒ではない。

星のきらめきに満ちた幻想的な世界だ。

この満天の星をもう少し堪能したいところではあるが、足元がはっきり見えるほどでもない。明かりを灯そう。

「星の光よ、我が旅路を照らし迷いを払いたまえ……【星光（スターライト）】」

明るい光を放つ魔法を使うと、私の頭の斜め上あたりにちっちゃい星のほうなものが現れて静かに輝き私たちの足元を照らす。

松明（たいまつ）がわりに使われる、ごく基礎的な魔法だ。

【種火（プチファイア）】も【星光（スターライト）】も、一週間くらい真面目に魔法の練習をすれば使えるようになる。

魔法があればヘッドライトもアウトドア用のガス缶もいらないのは本当に助かる。

「ちょっと怖いけど……昼間の様子ともちょっと違って綺麗ね……」

ぶるりと体を震わせながら、マーガレットが空を眺めた。

「寒い？」

「ううん、大丈夫。起き抜けだから震えただけ。動いてれば体も温まるわ」

「わかった。尾根に出れば見晴らしがかなりよくなる。一〇分くらいで着くはず」

「じゃ、そこでお茶しましょ」

すでに一度通った道だ。

暗くともなんとなくわかるし、そこまで急な斜面はない。

「岩が転がってる。足元に気をつけて」

「わかってるってば。足元に気をつけてって何度も聞いたわよ」

「何度も言うのが大事。口に出して、耳で聞けば、心に刻まれる」

「はいはい」

言葉に出すのは本当に大事だ。

安全確認のヨシという言葉は形骸化の象徴として扱われるが、だからといって不要になることはない。ヨシと言わなくなってしまえば、「形骸化していてまずいなぁ」という意識さえなくなって、もっと事故が増えたりする。

「多分、このあたりなら見える」

頂上へ向かう斜面に行く手前の、もっとも見晴らしがよいところに二人並んで腰を下ろす。簡易祭壇に火を灯して湯を沸かし、茶を淹(い)れる。

「エナジーバー、まだ残ってるの？」

「もちろん。他にもドライフルーツと干し肉と……っと、しまった」

そのとき、うっかりして干し肉のひとかけらをぽろっと落としてしまった。

それを拾おうとした瞬間、白と茶色の毛をした小さい何かが高速で走り抜ける。

「あっ、こら！　塩分強すぎるからやめときなさい！　ナッツとかあげるから！」

泥棒の犯人は、オコジョだった。

山に棲(す)む小動物は夜行性が多いことをうっかり忘れていた。

夜明け前はまだまだこの子たちの活動時間だ。

オコジョは私の叱責(しっせき)を無視して、嘲笑(あざわら)うかのように夜の闇に消えていく。

「あらら、取られちゃってやんの」

マーガレットがくすくすと笑う。

その口にエナジーバーを一本突っ込んだ。

「もがもが……とにかく食べさせようとするのやめなさいよ。おばあちゃんメイドか」

私は、恥ずかしさを紛らわすようにおほんと咳払(せきばら)いする。

「クマとかイノシシ以外のちっちゃい動物にも、一応気をつけたほうがいい。無害そうな顔して案外ちゃっかりしてるし、すばしっこい」

「あんたみたいね」

「うるさい、カピバラ」

「やーい、オコジョ」

オコジョは嫌いじゃないが、あの可愛い顔の割にけっこうケンカっ早いんだよね。

平和主義の私がオコジョに例えられるのは納得できない。

そのはずだが、不思議と不愉快ではなかった。

「カピバラ。お茶」

「ありがと、オコジョ」

沸かした湯で紅茶を淹れるといい香りが漂い、それを楽しみながらカピバラ……じゃなくマーガレットと私の二人分をカップに注ぐ。

登山でお茶は定番だ。

ハードな登山のために荷物をできるだけ小さくしようと涙ぐましい努力をするくせに、お茶やコーヒーを淹れるための道具は絶対に持っていく人とかいる。ていうか私もそういう人間の一人だ。

直火式エスプレッソメーカーは絶対に持っていってた。

「紅茶好きなの？」

「コーヒー派。でも淹れるの面倒くさい」

この世界にコーヒーはあっても、周辺機器はそんなに発達していない。インスタントコーヒーはまだないし、コーヒーミルもない。焙煎(ばいせん)した豆を薬研(やげん)とかすり鉢ですり潰したものを布製フィルターで濾(こ)して淹れる。

「すり鉢とか重いものね。こういう場面で簡単に淹れられる道具があれば便利よね」

「カピバラ。ありがとう」

「まだ道具を作るともなんとも言ってないんだけど!?　あんた図々(ずうずう)しいわよ！」

「そうじゃない。黙っててくれたこと」

「黙ってた？　何を？」

「私が天魔峰の神殿ではなく、山頂を目指してること」

私の言葉に、マーガレットはぷいっと顔をそむけた。

「……あの場でぶちまけてもいいことないでしょ。あんたは天魔峰の頂上まで、無殺生攻略を目指すやべーやつですよだなんて。笑われるとかを超えて正気を疑われるわよ」

「でも、それを言って私が無茶するのを止めることもできた。山小屋の主人は身分が高いし、ソルズロア教での位階も高いと思う。あの人に私を止めるよう話せば、そうなった」

「……そうかしら。他の客はわからないけど、あんたと山小屋の人は同類って気がする。褒め称(たた)えて送り出してくれることだってありえるかも」

「そうかな」

私はそうは思わない。

自分で言うのもなんだが、私の夢はちょっと現実離れしすぎている。

だが、マーガレットはそうは思ってはいなかった。

「そうよ。あんたのことを馬鹿にする人が九割かもしれない。けど、世界のどこかにはきっといる。あんたならやっちゃうんじゃないか、すごいじゃないか、面白いじゃないかって……そんな夢を見ちゃう人が」

むしろマーガレットは確信さえ抱いている。

それが妙にくすぐったい。

「ねえオコジョ」

「なに、カピバラ」

不思議と、マーガレットにオコジョと呼ばれると心地よい。

自分でも自覚していなかった、自分の魂の形に名前を与えられた。そんな気がした。

マーガレットは私にカピバラと呼ばれて、どんな気持ちでいるだろうか。

よし、決めた。

今日からマーガレットのことを、カピバラと呼ぶ。

そして私もオコジョと呼ばれることを受け入れよう。

そんな気持ちが通じたのか、マーガレット、もとい、カピバラが悪戯っぽい笑みを浮かべた。

「……山に登るの、想像してたよりずっと楽しかった。山頂は最高だったし、温泉も気持ちよかった。料理も、どれだけ食べても飽きなかった」

「うん」

「でも、わたしが楽しめるのは、このくらいまで。ここから先に進んだら、命の保証がないことくらいわたしだってわかる。これ以上難しい登山は、わたしはやらないと思う」

「うん」

皮肉とかではなく、純粋に賢い選択だと思う。

自分の力量を把握することは、身を守る上でもっとも重要な能力と言える。

残念ながらこの世界はパラメータを示してはくれない。多くの冒険者や巡礼者が自分の力量を見誤って魔物に殺され、あるいは滑落し、遭難して死に至る。

「でも、あんたは行くのよね」

「カピバラ。ここから先は秘密の話。他人には言わないでほしい」

「何よ唐突に……って、あ」

意味深な切り出し方をしてしまったが、カピバラはすぐに気づいた。

ガルデナス邸を訪れたときの話の続きを、これからしようと思う。

他人には秘密にしておきたいが、カピバラには話しておきたい。

「……多分、私のおじいちゃんが天魔峰に登ったんだ」

「え？」

「五大聖山を無殺生攻略した聖者の一人が私のおじいちゃん。おじいちゃんが天魔峰で遭難した日に私が生まれた」

その言葉に、カピバラは絶句した。

「ええと、私たちのおじいちゃんおばあちゃん世代の聖者って、確か……【畏怖】のカルハインと、【堕天】のアローグスよね」

【畏怖】のカルハインとは、魔物を寄せつけない聖水の調合を極めた神官だ。

そして【堕天】のアローグスは、元々は飛翔魔法の使い手で【飛天】という二つ名だったが、生きて帰ってこられなかったことで【堕天】というちょっと不名誉な二つ名で世に知れ渡っている。

ていうかよく知ってるものだ。すっと偉人の名前が出てくるのだから偉い。

「すごい。博識」

「だってあなたが聖者になるとか言うんだから調べるわよ！」

「えっ、私が言ったから調べたの？」

その言葉に、カピバラが顔を赤くした。

「ど、どうでもいいでしょそんなこと！　それより、えっと……どっちの孫なのよ」

「没落したアローグスの方。ていうかカルハインは生きてるし、今もソルズロア教のトップに居座ってぶいぶい言わせてる」

「あんた、アローグスの生まれ変わりとか言わないわよね」

「まさか」

ちょっと真剣な目で言われて、私は思わず笑った。

転生したところだけは合ってるけどね。

「でも……ちょっと納得した。アローグスの子孫なら山とか変な道具とかにも詳しいわけね」

「あー、一応、おじいちゃんの残した書物を読んだり、道具を触ったりしたかな」

そこは前世の影響の方が大きいけれど、説明が難しい。

話すにしても、もうちょっと機を見てからにしよう。

「それじゃあオコジョが山に登るのって……一族の悲願ってこと?」

「そういうのでもない。ママはおじいちゃんのこと、家族のことなんて省みなかったバカって愚痴ってたし、巡礼なんて行くもんじゃないってよく言ってた。パパもそれに頷いてた。そもそもおじいちゃんの顔も知らないしね」

「山が好きなあんたも親不孝者ねぇ……」

カピバラが呆(あき)れるが、こればかりは何も反論できない。

「……でも、一回だけ家族でこの山に登ったんだよね。同じルートで登って、あそこの山小屋に泊まって……そう、あのときは黒パンに焼き玉ねぎとたっぷりのチーズがのってた。チーズの塊ごと火で炙って、ドロドロに溶けたチーズをパンとか蒸した野菜の上にぶっかけて……」

「え、それめちゃめちゃ美味しそうなんだけど」

「料理はさておき、楽しかった。パパとママはおじいちゃんのことバカだとかワガママだとか言ってたけど、おじいちゃんを愛してた。私もパパとママを愛してるし、二人が愛したおじいちゃんを愛してる。それが私の、山を愛する原点なんだと思う」

そしてあの時もこうやって、暗い道を歩いて三人並んで地べたに腰かけた。

「……そんな大事なところなら、わたしを選ぶ前に元カレを連れてきなさいよ」

「ケヴィンは無理。彼は陽キャパリピだから山小屋で静かにするとか多分できない。ていうか山に行くこと自体好きじゃなかった」

カピバラが、それもそうだろうという苦笑いを浮かべる。

「……ま、オコジョほど山に詳しい人もそんなにいないだろうし、男の人はイヤなのかもね。オコジョもイヤでしょ。自分の方が山に詳しいのに男にエスコートされるの」

「うん」

私がエスコート役になる状況自体、ケヴィンは面白くなかった感じだ。

この世界の風潮や美徳として間違ってはいないんだろうけど、ケヴィンはその観念が強いほうだったと思う。つまり、まあ、相性が悪いのにお互いに無理に付き合ってたってこと。

私の方が向こうの尻ぬぐいをすることの方が多かったし、浮気したのはあっちだし、そこは今もムカついてるけどな！

「私、貴族同士の交際って無理。ニガテ」

しかし不思議だ。

元婚約者の話を、別れた原因の女から振られて、怒りもわだかまりも感じていない。

むしろカピバラに一種の申し訳なささえ感じていたりする。

「それが悪いとは思わないわ……っていうか、わたしがこういうこと言うのおかしくない？　普通、わたしの立場からこういう慰め方されたらムカつくと思うんだけど？」

「それはほんとそう」

私は口を押さえて笑う。

笑うべきではない毒のきいたコミュニケーションほど面白いものはない。

そんな私の様子に、カピバラはますます呆れていた。

「浮気はムカついたけどいいきっかけになったから、カピバラには感謝もしてる。靴も、道具も、思ってたより断然いいものに仕上がった」

「あらそう。もっと感謝しなさい」

「準備が整ったからには自力でいろんな山に行きたいし、『初めて登った人』とか『初めて無殺生攻略した人』にもなりたい。あと、巡り巡った山のエッセイをまとめて私が選ぶ『名山百選』とか出版したい」

未踏峰を登るのは、小此木彰子の夢であった。

地球ではすでにいろんな山が踏破されていて、残っているのは政治的な理由や宗教上の理由で禁じられたところばかりだ。

だがこの世界には、未踏峰がたくさんある。それどころか、存在さえ知られず、地図にも載っていない山だってあるだろう。これには登山家としての血が騒いでしまう。あと『異世界百名山』とか書いて、私のように転生した誰かに読ませて驚かせたい。私の山を巡る旅のついでに、小此木彰子がやりたそうなことも叶えておいてあげよう。お金持ちになれそうだし。

「オコジョ、意外と俗っぽいところもあるのね」

カピバラがにやにや笑う。

その顔にはちょっとした安心があった。

私が私利私欲もなく山を登る求道者か何かだと思っていたのだろうが、そんなわけはない。

「ただ、天魔峰はそういうの抜きにして、ちょっと特別。一回くらいおじいちゃんの墓参りを済ませときたいし。結婚もしなくてよくなったから身軽に行けちゃうし。……『行けちゃうかも』、『行きたいな』ってちっちゃい理由がたくさん集まっちゃってさ……なんか……どうしても行ってやるぞって夢が膨らんじゃう」

どれもきっかけは大したことじゃない。

家族で行った山が楽しかったこと。おじいちゃんの死んだ場所がまだ誰も攻略したことのない山であること。前世の私、小此木彰子が未踏峰を目指していたこと。「馬鹿な夢を見るな」と止める人がいなくなったこと。自由を得たこと。自由を支えてくれる人を得たこと。

そうした一つ一つの理由が熱量の矛先を定めてくれたならば、あとはもうそこへ向かうだけだ。

「……まあ、いいわ。あんたが山で落ちて死のうがわたしには関係ないもん。むしろ助かるかも。ああいう道具が欲しいとか作りたいとか言われ続けたらこっちの財布がもたないわ」

付き合ってられないとばかりにカピバラは顔を伏せる。

「だから……わたしから金とか道具とか搾り取りたいなら、ちゃんと生きて帰ってくるのよ。死んだ人間に賠償してあげるほどわたしはお人よしじゃないから」

「カピバラ」

「あんたのこと、祈ってやったりはしないんだから」

「ねえ、カピバラ」

「うるさいわねオコジョ。だからわたしは……」

「大事なときに下を見るのがあなたの悪い癖。山で前を見なかったら滑落する。前を見て」

「前？」

「ほら、朝日」

カピバラが顔を上げて見た先には、遠くの山の稜線(りょうせん)から顔を覗かせた太陽があった。

ゆっくりと、だが確かに昇っていくそれは、荒涼とした山肌を薔薇(ばら)のような、あるいは赤々としたリンゴのような、神秘的な紅色に染め上げていく。

モルゲンロート。

夜明けから朝へ転じる瞬間だけに見える、もっとも美しい山の光景。

「わあ……！」

太陽はいつだってそこにあるはずなのに、その姿、その気高さに心奪われる。

私はここに生きているという確かな実感と、あるいは生かされているという謙虚な気持ちが同時に湧き上がる。

「カピバラ。私は死なないよ」

「……これが見られなくなるから？」

カピバラが、にやっと笑って尋ねた。

だが私は首を振る。

「いろんな山で、カピバラの分までこれを見てきて、自慢してやりたいから」

「何が自慢よ。わたしがいなけりゃ靴一つ用意できなかったくせに」

「うん。だから私の自慢話は、カピバラの自慢話」

やがて山肌に広がる紅色が去りゆき、青空が訪れた。

私たちは肩を寄せ合い、密(ひそ)やかな会話を交わしながら、新たな一日の訪れを見守った。

ご来光を見た後に再び火守城に戻ると、朝食の時間になっていた。

夕食と同様、配膳されたものをカウンターで受け取る食堂方式だ。

献立は、大麦のお粥、カブと干しキノコのスープ、たっぷりのレンズ豆の煮物。

お粥にはカブの茎を炒めたものを混ぜた上で塩コショウで味が調えられており、食が進む。

スープは薄味だが、しっかりとキノコの旨味が溶け込んでいる。カブもスプーンで押せば崩れるくらい柔らかく、優しい味わいだ。

レンズ豆は、平べったい形の小さな豆である。

ちなみにレンズのような形状をしているからレンズ豆、というわけではない。逆だ。実験器具や眼鏡に使われるレンズの方がレンズ豆に似てるから「レンズ」と名付けられた。

で、この国ではレンズ豆をよく食べる。

めちゃめちゃ食べる。

この食材なくして人々の食生活は成り立たないと言ってもよいだろう。

タンパク質を補給する上で、肉を毎日食べられる人ばかりではない。別の何かで補う必要がある。

そこで豆だ。安価だし、乾燥させたものは年単位で保存が利く。旅に出たら私は米と乾燥レンズ豆を持っていくことになると思う。

しかしこの朝食を貧しいご飯とはまったく思わない。むしろこうした宿や山小屋の何気ない朝食は、下手に豪勢なご飯よりもありがたいものを感じる。

「美味しかった。ありがとうございました」

山小屋の管理人の奥さんにお礼を告げると、奥さんは朗らかに笑った。

「どういたしまして。朝早く出てったみたいだけど、朝焼けを拝みに行ったのかい？」

「ばっちり。最高の太陽でした」

グッジョブと親指を立てる。

この世界にグッジョブポーズはないが、奥さんは「なんか若い子で流行ってる仕草なのだろう」と思ってか真似をしてきた。いえーい。

「で、どうするの？　ベッド片付けたらチェックアウト？」

食後のお茶を飲みながらカピバラが聞いてきた。

「んー……それでもいいんだけど……。朝焼けが綺麗に見えてた……ってことは」

この国の季節は日本に似ている。

中国大陸と陸続きでつながっていた頃の日本列島みたいなところを国土としている。

また、北半球側に位置しており、東には大きな海がある。

日本と同じような春夏秋冬があり、偏西風もある。

雲や空気が西から東へと流れていく、大きな動きがあるわけだ。

早朝に見た太陽の光は、西にある雲にぶつかっていた。その雲は東に……つまり私たちの頭上を目指してやってくる。

「ひと雨来るね」

「そんな名探偵が推理してますみたいな顔しなくても、精霊様が雨に注意って言ってくれてたじゃない」

「う、うるさい。地図と空を読むのは基本」

「はいはい。で、どーするの？　雨が来ないうちにさっさと下りる？」

「いや……のんびりしよう」

「は？」

カピバラが正気を疑う目でこっちを見る。

「予報だとお昼くらいに降ってくる。空模様もそんな感じ」

「だから急ごうと思うんだけど」

「ふもとのあたりで雨具のテストをしたい」

「うぇー……マジでやるの……？」

「あなたが作った服を信じて」

「ポジティブな言葉で人を操ろうとするのやめてくれない？」

「ちっ……気づいたか」

「そもそもレインウェアって、念のために持っておくべきもので喜々として使うものじゃないでしょ。体を冷やさないようにって口酸っぱく言ってたの、オコジョじゃない。誰がどう考えたって、雨の日に登山しないことこそベストな選択よ」

その反論にはぐうの音も出ない。

まったくもって正しい。

正しいのだが。

「で、でも、安全に配慮した上でやるレイニーハイクは、楽しい」

「えぇ〜……ほんとぉかしら……？」

めちゃめちゃ疑いの目で見てくる。

「考えてほしい。雨の日はみんなどういう格好してる？」

「そりゃローブとかケープとか……あと傘って手もあるけど……」

「そう。ねずみ色か黒の地味なローブで、しかも中までビショビショになるか、水を撥ね返すかわりに汗で蒸れて不愉快かの二択。だけどカピバラが作った雨具は違う。撥水性と透湿性はバッグン。なにより、おしゃれ」

「そ、そお？」

口では否定しつつも少し照れている。もう一押しだ。

「で、でも、他の雨具よりおしゃれといえばおしゃれだけど……可愛いとかじゃなくてかっこいい方向っていうか……。上着とパンツでセパレートになっているのもあんまりなー。フードかぶったときのシルエットも好きじゃないし……。せめてワンピースとかポンチョとかの方が可愛くない？」

「作ればいい。裾が広がってるようなファッション性があるものとか、フードが気に入らないなら撥水加工の帽子と組み合わせるとか、自由にすればいい。『可愛いレインウェア』って発想が出てくる時点で、あなたがレインウェアコーデの最先端」

「最先端……」

その言葉に、カピバラはぴくんと反応した。

「そのためには生地の性能を確認しなきゃいけない……よね？」

「ま、まあ……ちょっとくらいなら」

ちょろかった。


部屋を綺麗に片付けて山小屋をチェックアウトすると、モンブランちゃんに呼び止められた。

「お姉ちゃん、がんばってね！　また来てね！」

「うん。また来るよ」

「元気でね」

私とマーガレットが笑顔で手を振る。

父親に抱っこされたちびっこが、登山道を歩く私たちにいつまでも手を振り続けてくれた。

名残惜しいが、下山するまでが登山だ。

開けた森林限界から、頭上が木々に覆われる森の道へと入っていくと、「山も終わりか」としみじみ感じたりするが、だからといって気を抜いて歩いてはいけない。遭難の多くは下山途中に発生するのだから。

「カピバラ、体は大丈夫？」

「んー……ちょっと重いかな。でも下まで歩くくらいなら問題ない」

「そっか。じゃあ着よう」

空が曇ってきて、空気も湿り気を帯び始めた。

私たちはザックを下ろしてレインウェアを取り出す。

今着ている服の上にそのまま身につけ、そしてザックにもカバーをかけた。

雨への準備は万全だ。

このレインウェアに使われているケルピーの革は薄く、風や寒さを凌(しの)ぐものとしては他にいくらでもよいものはある。また、水を防ぐ性能の面でもこれを上回るものは多い。

だが、透湿性と動きやすさを兼ね備えるとなると、現状ではこれがベストだと思う。

「うん。よいレインウェア……ていうかこれ、どうやって染めたの？」

私は、上着は水色の生地で、下は黒だ。

これは野生のケルピーの色と同じだが、カピバラはなぜか薄紫色の生地のウェアを着ている。

現代地球の化学繊維のレインウェアのカラーリングとあんまり違わない。

「さては知らないわね？　水色と黒以外に、薄紫色のケルピーもいるのよ。レアらしいわ」

「へえー……赤はない？」

「どうかしらね。こういうのって棲処（すみか）に合わせた保護色みたいなもんだから難しいんじゃないかしら。……いやでも、雨の時にカラフルなのってちょっと悪くないわね……」

カピバラがあれこれと考え始めた。

こだわりを持っている人があれこれ悩むのは、見ていて楽しい。

「ていうか苦労して作ったのに、初めて着る場面が雨で水浸しになるなんて……」

と、微笑ましく眺めていたらこっちを恨めしそうに睨（にら）んできた。

「そのためのレインウェア。気にしない」

「オコジョはいいわよね、人が作ったのを着るだけだもの。まったく作ってる側の苦労も知らないで」

ぶちぶちと文句を言うカピバラをスルーしながら登山道を下っていく。

坂は緩やかで、転ぶ心配はない。

そんな安心を感じていたあたりで、ぽつぽつと降り始めた。

「来た」

木々の葉や枝に雨の雫（しずく）がぶつかる。

どこかに沢があるのか、げこげこと蛙（かえる）の声が響いてくる。鳥もざわついてきた。

予想より強めの雨になりそうだ。

丁度、他の登山者が雨はかなわないとばかりに駆け足で私たちの横を通り過ぎていく。

大丈夫かな、転ばないといいが。

「あらー、雨具がない人は大変ねぇ！　おーっほっほっほ！」

「使うの渋ってたくせに」

「使わないに越したことはないもの。でも使うって決めたからには楽しむしかないじゃない。ほら、見なさいよ」

カピバラが自分の袖を見せつけてくる。

そこには、生地の上を玉のように転がっている雨水がある。

水が生地に浸透していない。

防水性能が発揮されている証拠だ。

「……うん。ばっちり。私の言った通り」

「わたしが作ったんだからね！」

「うん。すごい」

実際、本当にすごい。

縫い目のところから水が内側に浸みないよう、シームテープのようなもので内側を保護している。どうせ実現はできないだろうと思って雑談レベルで説明したことなのに完璧に仕上げてきている。

「オコジョって妙に素直になるときあるわね。変なの」

「そっちは鈍感。このすごさがわかってない」

凄まじい魔力を持った魔法使いのローブとかでもない限り、雨の中でこんな快適性を保つことができる衣服など存在していない。それがわかっているのかいないのか。

「カピバラ。雨の中で動いてみてどう思った?」

「思ったより快適ね……。普通、もっと重く感じるもの」

「そう。服が張り付かないから不快感もないし、汗がこもらないから湿度の不快感もない。それに、服が水を吸わないから軽い」

「レインハイクが楽しいって話、嘘じゃないわね……ちょっとびっくりした」

まあ、晴れやかな道を歩くほうが楽しいのだが、雨の不快感を防げるのであれば十分に楽しい。

雨だから楽しめる景色というものもある。

「あ、でも、注意も必要。岩の上とか木道とかを歩くときは」

「きゃっ!」

言ってるそばからカピバラがずるっと足を滑らせる。

だが、尻餅（しりもち）をつく前になんとか体を支えることができた。

「転ばないように注意」

「あ、ありがと……」

当然、濡（ぬ）れた道は足を滑らせやすい。

トレッキングポールなども、先端に保護キャップを付けたままだとツルッと滑る。

とはいえキャップを外して金属部の先端を活用すると、木の根っこや木道を傷つけてしまうのでマナー的に使えない状況も多く、使いどころがなかなか難しい。そういうとき私は諦めてポールを仕舞い、不安定なところでは手を使って体を支えることが多い。

「うーん……坂も緩やかだし、ポールは仕舞うわ」

「そうだね」

「ちょっと道もぬかるんできたし、楽しくないところもわかってきた……」

カピバラが溜め息をつく。

喜んだり悲しんだり、意外と喜怒哀楽を表に出す子だな。

「ふふん。アレを見てもつまんなそうな顔をしていられるか見もの」

「アレ？」

「ちょっと五分くらい寄り道しよう」

「寄り道……？　まあ、いいけど……変なところじゃないでしょうね？」

「大丈夫大丈夫」

登山道をほとんど下りきったあたりで、T字路があった。

宿場町を示す方向にはあえて向かわず、「タタラ壺」と書かれている方向へと向かう。

「こんな立て札あったっけ？」

「帰りに見ようと思って説明しなかった。気づいてなかったみたいだったし」

「ふーん」

「このあたり、雨じゃなくてもちょっと湿ってると思う。気をつけて」

そう注意したもののカピバラは何度か滑って転びそうになった。

ごろごろと転がっている石を踏みしめながら歩いているので仕方ないが。

そろそろ無自覚に疲労が溜まってそうだな。

腰がおっかなびっくりになっている。

「まだぁー？」

「もうちょっと」

木々に覆われて視界が悪い。

道も先ほどよりは狭く、草をかき分けて歩かなければならない。

「ねーえー！　まだなのー!?」

「もうちょっとだって」

文句がうるさいが、水音が大きくなっている。

ここまで来ればもうすぐだ。

「ほら」

「これは……滝……？」

「そう。タタラ山の滝、タタラ壺(つぼ)。そんなに大きくはないけど、高さがあって迫力がある」

二〇メートルくらい上から、清らかな水が滝壺(たきつぼ)へと落ちていく。

離れていても水しぶきが飛んできて冷たいくらいだ。

迂闊(うかつ)に近寄ればびしょ濡れ間違いなしである。

レインウェアを着ていなければね。

「うーん、晴れてるときに見えてたら最高だったけど、これはこれで悪くないわね」

「贅沢(ぜいたく)」

「雨を選んだのはオコジョじゃないの。あーあ、一時間くらい早く出発してればなー」

「そ、それはそう。ごめん」

カピバラがやれやれと肩をすくめる。

レインウェアのテストを優先しすぎたのは私の失態なので、ぐうの音も出ない。

このマイナスイオン漂う清涼感だけで我慢してもらうほかない。

「あ、でも……空がちょっとだけ晴れてきた……？」

「ほんとだ。きれい……」

雲と雲の切れ目から太陽の光が差した。

水の冷たさの中に温かな気配が訪れる。

だが雨雲が去ったわけではなく、小粒の雨がぱらついている。

天気雨だ。

このとき滝、雨と、太陽の光によって、あるものが生まれた。

「見てオコジョ！　虹よ！」

私はこれが、ただの自然現象であることを理解している。

雨や滝の水に太陽の光が反射して、波長の長さごとに分解されてしまっただけのことだ。

だがそれでも、このとき、この瞬間に虹が現れたことには運命的な何かを感じる。

カピバラはなおさらそうだろう。

この世界において、虹は幸運の象徴だ。

旅立ちの日に虹が現れることは、その道程が神に祝福されていることを意味する。

「カピバラ、ありがとう」

私の口から、自然と感謝の言葉が出た。

「な、なによ突然」

「これでテストは無事に完了した。登山靴、ザック、トレッキングポール、レインウェア、全部が完璧。巡礼者協会に登録して、正式に巡礼者になれる」

私の言葉に、カピバラはしまったという表情を浮かべた。

「……手を抜いておけば、あんたも趣味の登山だけで満足できてたのかもね」

「そうかも」

「あんたの寿命を縮めちゃったかしら？」

カピバラは、寂しさと意地悪の入り混じった奇妙な笑顔を浮かべた。

「死なないよ。あなたが道具を作ってくれる限りは」

「人使いが荒いわ。オコジョってほんと面倒くさい。だいたい、報酬が自慢話って人のことをバカにしすぎよ」

「私は面倒くさい。でも、面白い自慢話をすることにかけては、絶対の自信がある」

その言葉に、カピバラはにこやかに笑った。

「……ま、期待してるわ。面白い女の、面白い自慢話をね」

こうして、タタラ山の登山が無事に終わった。

そして私の巡礼者としての生活が、本格的に始まろうとしていた。

なお余談ではあるが、カピバラは滝を見た後に「体が痛い」と言い始めた。

しかもその苦痛は、治癒魔法での回復が難しい類（たぐい）のものだった。

それは肉体を再生させるための苦痛と言われており、実際に肉体を再生させる魔法を使っても効果が薄い。

その痛みの名は筋肉痛。

下山した直後から二日間ほど、カピバラは人生で初めてというレベルの壮絶な筋肉痛と戦うことになる。

最強ポーター令嬢は好き勝手に山で遊ぶ

～「どこにでもいるつまらない女」と言われたので、誰も辿り着けない場所に行く面白い女になってみた～

巡礼届

カピバラの憂鬱

巡礼者

役割	性別	年齢	氏名

同行冒険者

役割	性別	年齢	氏名

装備・魔法等

- □
- □
- □
- □
- □

備考

唐突に妹がわたしの部屋にやってきた。

「お姉様、お疲れみたいですけど、そのような仕事は誰かに任せてはどうなのですか？」

近頃のわたしは妙に忙しい。

登山靴を作ることから始まって、レインウェアを仕立てたり、ザックやちょっとした道具を調達して改造したり、まるでオコジョの専属の職人のごとく働かされている。ていうか、登山による筋肉痛はまだ体に残っている。坂道を歩き続けるとすねのあたりが筋肉痛になるなんて今まで知らなかった。

それに、タタラ山から戻った後に依頼されたヘンテコな道具に悩んでもいる。

これを完成させられるのか、そもそも完成させてよいものかどうか……。大叔父（おおおじ）様も「これは方針から練り直したほうがよいのでは」と悩んでいた。だがあれこれ試行錯誤したところ、オコジョをあっと驚かせるものが形になりそうだ。

忙しくて大変だけど……不思議と、楽しい。

「ていうかいろいろあった割には、なーんかお気楽そうですね」

そして妹のフィーネはわたしの様子に薄々気づいている。

妹の皮肉の一つや二つを受け止める責任がわたしにはある。

「……あなたには迷惑をかけるわ。ごめんなさい」

「いやそうじゃなくて。変ですねって話をしてるんです。嫌味（いやみ）を言いに来たんじゃありません」

……と思ったが、フィーネは皮肉を言ったというより、純粋な疑問の表情を浮かべていた。

「え、そ、そうなの？」

「まあ、バートン様と別れるのは理解できますわ。婚約者など放っておいて浮名を馳せているんですもの。渋々形だけの結婚をするっていう本音が漏れてましたし」

バートンとは、わたしの元婚約者のことだ。

初めて会ったのは一〇年前で、そのとき彼が婚約者だと父から紹介された。

だが彼と会えるのは年に一度あるかないかで、それも彼の都合のよいときだけ。わたしの誕生日に毎年贈り物を送ってきていたが、すべて彼の執事が手配していたものだった。彼は自分の名義で何を贈っていたかも把握していなかったし、彼が執心しているどこぞの奥方との逢瀬の方が遥かに大事だった。

だからわたしが浮気したところで、彼は別に不義や不誠実を理由に責めることはなかった。

むしろ彼は好都合とばかりにほくそ笑んだ。

結婚に絡む条件で優位に立てるぞと。

彼も父も、わたしの結婚など利益を得るための交渉カードの一つにすぎず、そして交渉の結果としてわたしではなくフィーネがバートンのところに嫁ぐこととなった。

「えっと……フィーネはバートンとの婚約を怒ってるんじゃないの？」

「それは別に構いませんけど。下手に好かれて束縛されるよりは、適度に外で遊んでもらうほうが私としては気楽です。本気で嫌だったら、お金持ちが大好きな子を見つけてウチの養子にして身代わりを作ればいい話ですし？」

妹のフィーネは現実主義だ。

わたしもそういう風だと思っていたけれど、妹ほど達観はしていない。

我が妹ながら、ちょっと怖い。

「あ、あなたがいいならいいんだけど……」

「お姉様だって、遊ぶならもう少し慎重にやったほうが楽しかったでしょうに。好きな人がいるならその方が燃えますわよ。多分」

「あなた、もしかして……」

誰かと付き合ってるの？　と尋ねようとしたが、それを察したフィーネは鼻で笑った。

「いませんわよ。野暮なことは聞かないでください……というより、いたとしたら家族にだって秘密にするものじゃないかしら。外の友達よりも一族の方が信用できないのが貴族ってものでしょう」

フィーネの言葉は正しい。

成績はほどほど、家のこともほどほどだが、すべてにソツがない。父からも母からも怒られないラインをしっかり見極めているし、学校でも落としてはいけない単位はしっかり取っている。

友達との関係は密だ。恐らく家族にも言えない秘密を共有できる友達がいる。

薄く広く「知り合い以上友達未満」ばかりのわたしとは違って、なんていうか、妹は世界を生きる適性がある。

わたしのように無駄に消耗したり、その挙句に暴挙に走って失敗するような愚かさがない。あるいはオコジョのような情熱で生きるタイプでもない。人生二周目じゃないかってくらい世慣れしている。だからずっと妹のことは苦手だった。

珍しくわたしの部屋に雑談しに来たものだから、どうせわたしを笑うのだろうと思っていたし、わたしは笑われても当然のことをした。せいぜい笑われてやろうと思った。

「自分が馬鹿なことしたってくらいわかってるわよ」

「一番馬鹿なのは浮気したこと自体よりも、婚約者のいる男を選んで他人の縁談を潰(つぶ)したことじゃないかしら」

「うっ」

「ま、気持ちはわからなくもないですけれど。ちゃんと向こうの浮気の証拠を取っておけばよかったのに」

「無理よ。相手はユースティア侯爵夫人だったもの。お父様でさえ諫(いさ)められないわ」

貴族が道ならぬ恋をするために出入りする秘密のバーラウンジの噂(うわさ)。

繁華街の片隅にできた、看板さえない何気ない扉。そこを、このあたりでは見かけない伊達男(だておとこ)の商人や書生が、これまた見かけない風体の美貌の女魔法使いや女商人を伴って出入りしている。

そのうち通行人の誰かが扉を開く人の顔に思い当たり、少しずつ噂が流れていく。男女の正体は高い身分の人々であり、秘密の逢瀬を重ねるために秘密のバーラウンジに出入りしているのだと。

大人の恋への憧れ、不義への誘惑、怖いもの見たさ……そんな興味関心を惹かれた同級生が、「あのあたりに出入りする人の顔を見に行ってみないか」と言い出した。

行かなければよかったとしみじみ思う。その扉を出入りしていたのは確かにわたしの婚約者、バートンだったのだから。

幸いにも友達に気づかれることはなかった。婚約者を紹介したこともない。ショックを受けたのを取り繕って友達と別れ、一人、通りの片隅で涙がこぼれたとき、それを慰めてくれた人がいた。

ケヴィンだった。

「お父様は諫められないんじゃなくて、仕事にしか興味ないんじゃないかしら」

「そうね……」

そこからケヴィンとの逢瀬が始まった。

本来、わたしの世代がする恋愛ってこういうものなのだと思った。夢中になった。わたしとケヴィンが通じ合ってるのを知って、密かに祝福してくれる人もいた。

しかし一番意外だったのは、お父様がケヴィンを気に入ったことだ。

「お姉様が浮気したのだって、若い男を鍛えるチャンスとでも考えてるんじゃないかしら」

「……困ったことにね」

バートンとの婚約を破棄してケヴィンと婚約すると言ったところ、父は妙にケヴィンを気に入った様子だった。あるいはバートンに面白味を感じていなかったのかもしれない。

お父様はわたしたちの婚約を認め、そしてケヴィンを「義理の息子として鍛えてやる」と言って騎士団の長期訓練へと連れていってしまった。あまりに強引な展開にわたしも混乱している。わたしが嫁に行くのではなくケヴィンが婿に来るかのような可愛がり方だ。

「自分のことを尊重しない人に、何か期待するのはやめたらどうかしら？　お父様なんてこっちのことなんて駒とかお人形とか、そのくらいにしか考えてないじゃない」

「そんなことは……」

わたしは言葉に詰まった。

そんなわたしを見て、呆れたようにフィーネが肩をすくめる。

まだ希望に縋っているんですかとばかりに。

だがわたしが黙った理由は違う。

オコジョに怒られたばっかりだったのに、妹にまで言われたのが面白かったからだ。

「……なんでにやにやしてるんです？」

「なんでもない。あなたの言う通りよ」

「わかってるならけっこうです。それならついでにもう一つ。お姉様が今、一番謝ったり考えたりしなきゃいけないのって、お父様とかバートン様とかよりもケヴィン様の元婚約者なんじゃないんですか？　バートン様みたいな浮気者とかじゃなかったんでしょう？」

わたしは、ケヴィンの婚約者……オコジョのことを憎く思っていた。

ケヴィンがわたしに共感してくれたということは、彼もまたわたしと同じように苦しんでいるのだと思ってしまった。もうちょっと冷静に話を聞いておけばよかった。二人の関係が冷めていたのは事実だったにしても、こんな騙し討ちをするべきではなかった。

「お金と話し合いで済むならともかく、それで済まない恨みつらみもあるんだろうなって心配してあげたんだけど……どうなってるんです？」

「今やってるところよ」

「今って……え、それ、騎士の道具を作ってるとかじゃなくて？」

「ケヴィンの元婚約者が賠償金がわりに、巡礼の装備を頼んできたの。いろいろ作ったわよ。登山靴とかザックとか」

「……で、今は何を？」

「ロープとカラビナ。あと……プロテクションとかいう、岩に突き刺す金具？　このあたりはちょっと要求スペックに満たないからいろいろと練り直さなきゃいけないかもしれないけど……」

「うん……うん？」

フィーネに、オコジョから預かった図面やラフスケッチを見せる。

わたしほどではないがフィーネも騎士の扱う道具類についてはそれなりに学んでいるので、絵を見せて現物を想像するくらいはできる。

だが根本的な謎は解き明かせなかったようだ。

だって、わたしにだってわからないもの。

「なんで？」

「なんでって言われても……」

「いやいろいろと意味わかんないんですけど!?　こんなものが必要な巡礼ってどういうことですか!?」

「わたしだってわからないわよ！」

フィーネが妙に疲れた顔で溜め息をついた。

「まあ……恨まれて厄介なことになってるわけじゃないならどうでもいいです。怨恨沙汰に私が巻き込まれないかだけが心配だったので」

「そこは大丈夫よ。いきなりわき腹を刺してくるような女じゃないわ」

「人によってはわき腹を刺してくることもありえるってわかってるなら結構です」

「そこは本当ごめん」

やれやれとフィーネが溜め息をつく。

「一応、忠告しておきますけど。様子が変だって気づいてるメイドがいますわよ。余計なことを言わないよう釘を刺しておきましたが、いずれお父様やケヴィンにも気づかれると思いますわ」

「別に、何か悪いことをしているわけじゃ……」

「悪いかどうかの問題じゃありません」

わたしの反論を、ぴしゃりとフィーネが遮る。

「ちょっとくらい悪いことしたってお父様はお許しになりますよ。お父様って、揉め事をもみ消して恩に着せるの、好きですから。むしろ出しゃばったり、功績を上げたりするほうが怒られますわよ」

「わたしは功績を上げるようなことはしていないわよ」

「……昔、式典で大叔父様の作った靴が他の騎士に褒められたとき、つまらなそうな顔してたもの。内心ではすごくイライラしてたと思いますわ。お姉様は気づいてらした？」

全然気づいてなかった。

基本的に、お父様は自分が話題の中心でいたい性格なので、いつものことと思って流していた。大叔父様を妬むという特別な感情は、果たしてあったのだろうか。

だがなんであれ、自分よりも目立つ人間を好まない性格であることは事実だ。

そしてわたしが作った道具はさておき、大叔父様が作った靴は本物だ。その価値をしっかりと体感している。わたしがあれだけ歩き回っても膝や腰を壊すことなく筋肉痛だけで済んでいるのだから。

そして道具を得たオコジョはきっと、何かをする。

世の人があっと驚くような偉業を。

「面白そうなことに没頭するのは構いませんけど、周りには注意してくださいまし。特にお父様に気取られないようにしてくれないと、お母様も私もまとめて怒られちゃいますから」

「……あなた、けっこういい子ね」

「はぁ!?　何を仰るんです？」

「何って、そりゃお礼だけど……」

さも諌めるかのような顔をしていながら、言っていることはわたしにとって有益なことばかりで、しかもメイドに口止めをしてくれている。感謝以外のどういう言葉が出ると思ったのだろうか。

「と、ともかく！　もっとこっそりやるとかやめるとか、考えておいたほうがいいですからね。話はそれだけです！」

ぴしゃりと言って、フィーネは乱暴な足取りでわたしの部屋から去っていく。

こんな忠告を受けて、わたしの心は不安に苛まれるどころか高鳴っていた。

そっか、お父様みたいな恐ろしい人を、怒らせる何かをやっているんだと。

「……屋敷の中や大叔父様のところじゃなくて、どこかこっそり作業できる工房が欲しいわね。探しておかなきゃ」

最強ポーター令嬢は好き勝手に山で遊ぶ

〜「どこにでもいるつまらない女」と言われたので、誰も辿り着けない場所に行く面白い女になってみた〜

巡礼届

ニッコウキスゲとツキノワ

巡礼者

役割	性別	年齢	氏名

同行冒険者

役割	性別	年齢	氏名

装備・魔法等

- □
- □
- □
- □
- □

備考

冒険者ギルドは巡礼者協会を兼ねている。

冒険者の仕事の多くは巡礼者の護衛だからだ。特に新人冒険者にとって、信心深いご老人やハイキング気分の貴族を護衛するのは割のいい仕事である。金払いのいい客に気に入られようと、フレンドリーな応対を心がけている冒険者も多い。

とはいえ、冒険者とは基本的に荒くれ者が志望する仕事だ。王都アーキュネイスは治安のよい街だが、一応の注意は必要である。特に私は、婚約者も両親もいない一人ぼっちなのだから。

「……よし！」

ここに来るまで長い道のりがあった。

具体的には、タタラ山を下りた後もやっぱり準備しておきたい道具があったり、その製作過程でまたカピバラと口論して靴職人のおじいさんに仲裁してもらったり、なまった体を鍛えるトレーニングをしていたら一ヶ月ぐらい過ぎてしまった。

ともあれ、ようやく準備が整った。

軽い緊張を覚えながらドアノブを握り、ギルドの中へと入る。

そこは酒場と事務所を足して半分に割ったような、雑然とした雰囲気の場所だった。

冒険者たちはローブを着てフードを目深にかぶった私をちらりと一瞥（いちべつ）し、すぐに興味をなくして自分たちの雑談に戻る。

「いらっしゃいませ。巡礼ですか？　それとも冒険者への依頼でしょうか？」

私に声をかけてきたのは、カウンターに立っている職員の少女だった。

眼鏡をかけ、謹厳実直といった言葉が似合いそうな、生真面目そうな佇(たたず)まいをしている。

山男のような人を想像していたので意外だ。

「巡礼者登録をお願いします」

「では初めての巡礼ですね？　こちらでは王都周辺の王冠八座までを管理しておりまして、それ以外の遠方の山や聖地は管轄外になります」

王冠八座というのは、王都アーキュネイス周辺にある八つの山の総称だ。

多くの山頂の聖地に祈りを捧(ささ)げることで清浄な力が少しずつ大地に満ち、天変地異や災害から人々の暮らす地を守っていると言われている。実際、タタラ山の噴火も神秘的な力に防がれている。

「大丈夫です。最初は登りやすい山から少しずつ攻めます」

「それがよろしいかと」

「ですので、まずはサイクロプス峠を」

「はい、サイクロプス峠……サイクロプス峠ぇ!?」

私の言葉に受付の少女のみならず、近くのテーブルで寛(くつろ)いでいた冒険者たちも動揺を見せた。失笑している者もいる。失礼な。

「いきなりあそこか」

「わかってねえんじゃねえの」

「がはは、若い子は威勢がいいねぇ！」

「素人じゃねえか、コレットちゃん、教えてやんなよ」

冒険者が口々に私のことを揶揄する。

ま、それも想定内だけど。

「……あのですね。王冠八座は冒険者にとってそこまで難しい山ではありません。サイクロプス峠以外は」

あなた何にもわかっていませんね、というニュアンスを込めた説明が始まる。

「サイクロプス峠の攻略とは、王都以外の聖地や山でも通用する実力者だと証明する一つの登竜門です。そのためには巡礼者自身もいくつかの巡礼を経験し、冒険者のサポートができる実力を身につけなければいけません」

巡礼者は冒険者の雇い主だ。

だが同時にパーティーメンバーであり仲間でもある。

護衛役が本来の護衛仕事に専念するために、巡礼者は様々な雑用を進んでこなさなければいけない。巡礼者とは冒険者パーティーにおけるポーター役でもあるからだ。

荷を背負い、地図を読み、山行計画を立て、あるいは食料や道具を管理し、仲間たちを案内するのも大事な仕事だ。

簡単な山ならばともかく、難しい山では冒険者が巡礼者の世話を甲斐甲斐しくする余裕などないのだから。

「たとえあなたがどんな高位貴族であろうとも、ただ守ってもらい、連れていってもらえると思うのであれば、大間違いです。山や聖地における行動規則や命令系統は、地上の秩序よりも優先されるのです」

「わかっています。……ですがそれは、魔物を倒してもらって登頂する通常の巡礼での話です」

「え？」

「一切魔物を殺すことなく巡礼する無殺生攻略においては、サイクロプス峠がもっとも成功率が高い。違いますか？」

「なっ……!?」

「「「無殺生攻略だとぉ!?」」」

話を聞いていた冒険者たちの間に、どよめきが走った。


巡礼とは、魔物を直接倒すことなく聖地で祈りを捧げる行為だ。

よって巡礼者ではなく冒険者が魔物を殺す。

だが、一つの疑問がある。

巡礼者のために冒険者が魔物を殺すということは、間接的には巡礼者が魔物を殺しているのではないか？

むしろ冒険者に汚れ仕事をさせて巡礼したという結果を手に入れている分、罪深さはより増しているのではないだろうか？　恥ずべき怠惰ではないのか？

その疑問が信者の間で語られるとき、冒険者と巡礼者の多くは「それは厳しすぎる」という反応をする。

巡礼者と冒険者の間にはパートナーシップがある。

金や権威に物を言わせて楽に巡礼をしようとする者がいないわけではないが、聖地においては国が規定する身分や法律よりもソルズロア教の教義や巡礼の習わしが優先される。

自然と足手まといの巡礼者は淘汰されて実力者が残るため、冒険者にとっても巡礼者は得難いパートナーとなりうる。

だから巡礼者があたかも横着しているかのような物言いは、巡礼者からも冒険者からも反発が出る。冒険者を連れての巡礼こそが王道でありスタンダードなのだ。現実を知らずに軽々しく巡礼者を侮辱してはいけない。

だがその一方で、巡礼者たちや冒険者たちはこうも思った。

冒険者の力を頼らず、魔物を倒さずに本当に巡礼できるものなのか？

無殺生攻略を成し遂げたならば、すごいことではないか？

私は記憶を取り戻す前から、その無殺生攻略に憧れていた。

顔も見たことのない祖父が目指したものは何だったのか知りたいという好奇心があり、山そのものへの憧れもあった。

今の私は、それを叶える手段を手にしている。

「ほ、本当ですね……。無殺生攻略に限るならば……サイクロプス峠がもっとも成功数が多いです……。にわかには信じがたいのですが」

まるで確信を持てないとばかりに受付の少女が眼鏡を拭き、文書を再度読み直している。

ギルドに勤めているのなら知っておいてくれとも思うが、あまりの危険さゆえに無殺生攻略に挑戦する者はめっきり減っているらしく、調べる機会さえなかったのだろう。

「では、そういうことで登録お願いします」

「で、ですが、そんな無謀な巡礼に協力する冒険者はいませんよ」

「わかってます。私一人でやるから大丈夫」

「無茶です！　そんな自殺行為はご案内できません！」

「計画の現実性には自信がある。それに、何人たりとも巡礼者となる権利はあるはず」

「そ、そりゃ規則ではそうなってますけど！」
二、三〇分ほどカウンターで堂々巡りのやりとりをすることになった。
しまったなー、この子は頭が固く、そして善人だ。

巡礼者の登録数は一種のノルマがあるはずで、そのまま送り出してくれるかと思ったが、ルールを無視してまで引き留めようとしてくれる。

どうしたものかと考えていたところ、成り行きを見守っていた冒険者の一人が腰を上げてこちらに来た。

「コレットちゃん。あたしが代わるよ」

「ああっ、ジュラさん！」

近寄ってきた冒険者の姿を見て、私はぎょっとした。

だって、今の人生で初めて見る黒ギャルなんだもの。

正確には金髪で褐色肌で、魔力の込められたタトゥーを入れてアクセサリーを身につけているだけで、地球のギャルファッションをしているわけではない。正式な魔法使いのスタイルの一つだ。

黒ギャルではなく、占い師か何かに例えるほうが適切だろう。

でも背が高く髪も豊かで、深緑色のマントを宝飾品と共にスタイリッシュに身につける彼女は、なんかこう、よい意味でギャルっぽい。貴族とはまた違った風格がある。

「無殺生攻略ねぇ……。命を張って魔物を倒すよりよっぽどスマートだと思うわ。それを言ってるのが、一度も巡礼をしたことのないド素人でなければね」

豊かな金髪をかきあげ、あーあと大仰（おおぎょう）に肩をすくめた。

その首には、胸元から伸びる花が黒で描かれている。

ちなみに魔法使いの彫るタトゥーのインクは黒色だけだ。魔力を込めるには墨は黒がもっとも効果的らしく、描かれた花は美しいだけではなく大きな力を秘めている。

「それ、ニッコウキスゲ？　きれいですね」

「……うん、ありがとう。でもそうじゃなくてね」

「計画は問題ない。あなたのお手を煩わせることもない」

「どこのお嬢さんか知らないけれどね。机上の空論を信じてハイそうですかと送り出すわけにはいかないの。戦いたくて山に行くバカは好きじゃないけど、その危うさを知らずに行くバカはもっと嫌いなのよ。さ、帰った帰った。お帰りはあちらよ」

「もちろん。登録が済んだら」

「だから、あんたねぇ……」

「心配ありがとう。でも大丈夫」

「大丈夫じゃないから止めてるんだってば！」

「まあ待て……このお嬢ちゃんの言う通り、巡礼を止める権利はねえ。助言はできてもな」

今度は私とギャルの口論が始まり、さらにもう一人、冒険者が進み出てきた。

だがこっちは、私に助け舟を出してくれるような雰囲気だ。助かる……と思ったが、見た目が怖い。

ヤクザとホストを足して二で割ったようなコワモテのイケメンだった。

「フェルド。あんた行かせる気かい？」

「行きたいなら行かせてやるしかねえ。別に関所があるわけじゃねえんだから止められねえさ。俺たち冒険者はそれを手伝うかどうかだ」

フェルドと呼ばれた凶相の冒険者は肩をすくめながら言った。

彼は艶消しをした黒い鎧に、白いマフラーのようなものを首に巻いている。

まさしくツキノワグマを彷彿とさせる外見と雰囲気だ。

「見殺しにしろっていうのかい。見損なったよ」

ニッコウキスゲさんが吐き捨てるように言ったが、まあまあとツキノワグマさんが宥める。

「早まるなよ。提案がある」

「提案？」

私は、はてと首をかしげる。

「お嬢さんよ。サイクロプス峠の護衛として俺たちを雇ってくれ」

「いえ、護衛はいらなくて……」

「サイクロプスに発見されて戦闘が起きたら、結局あんたはサイクロプスに殺されて失敗する。逃げるのか隠れるのか、空を飛ぶのかは知らんが、戦闘を避けることができればあんたは成功する。あるいは無理と判断して撤退する。結末はその三つしかないだろう？　だったら護衛がいてもいなくても同じじゃないか？」

「それはそうですが」

「戦闘が起きなきゃ護衛料はいらんし、無殺生攻略の見届け人となる。だがもし戦闘や危機的状況になったら……そうだな、相場の二倍くらいの報酬はもらいたいところだ」

ツキノワグマさんがニヤッと笑いながら話す。

ニッコウキスゲさんもその話に納得したのか、怒りの表情が解けた。

私としても見届け人になってくれるという提案は正直ありがたい。

巡礼をすれば祈りの力が聖地に満ちるので、誰も見ていなくとも「巡礼が行われた」ことは察知される。だがそれは必ずしも「私がやった」、「何のイカサマもしなかった」と理解してもらえるわけではない。

だが、どうしても言わなければならないことがある。

「構わない……ただ……」

聖地の魔物退治はともかく、登山という観点において、私はプロだ。

目の前にいるのがヤクザ並みに迫力のある男であったとしても、恐れおののいて頷いてはいけない。

「何か問題が？　遠慮なく言ってくれ」

ツキノワグマさんが鷹揚に頷く。

「ニッコウキスゲさんは大丈夫かもしれない。でもあなたや他の人は、私のルートに付いてこられるかちょっとわからない」

私の言葉に、ツキノワグマさんの表情がびっくりして固まった。

ニッコウキスゲさんも目を見開いて驚いている。

しまった……言葉選びを間違えた。

「あんた、思ったよりやるね……。ちゃんと実力がわかるんだ。みくびってたよ」

「俺もだ。ド素人だと思ってた」

が、なぜか二人は私に妙に感心している。

「あ、いや、失礼なこと言いました。ごめんなさい」

「謝る必要はねえ。巡礼者は戦わないにしても、自分の仕事にプライドを持たなきゃいけねえからな。謝罪よりも、あんたの仕事を見せてくれ」

ケンカを売るつもりはなかったし、実力不足だと言いたいわけでもないのだが、絶対に誤解されてる気がする。ただ単に、軽装で体重が軽いほうが有利ですよって話をしたかっただけなのだが、緊張して失言してしまっただけだ。

でもここで、なぜそういう言葉になったのか説明してもますます正気を疑われてしまう。お手並み拝見と言われたからには、お手並みとやらを披露するしかない。

「……わかりました。確実にやってみせる」

「わかった。俺はフェルド。銅級冒険者の戦士だ。よろしくな」

「あたしはジュラ。銀級冒険者で魔法使い。ニッコウキスゲでもなんでも好きに呼んで」

「私はカプレー。私の職業は山岳ガイドみたいなもの。冒険者ギルドの分類でいうと……どうなるんだろう？」

「まあ、ポーターだな。巡礼者は基本的にポーターだ。たまに支援魔法使いとか治癒魔法使いとかもいるが」

「ありがとう。それじゃ私のことは……」

好きに呼んでいいと言おうと思って、ふと気づいた。

新しい旅立ちの日だ。

なら新しい名前で呼んでほしい。

「仲間は、私をオコジョと呼ぶ。ポーターのオコジョ。よろしく」

こうして私は臨時パーティーを組み、サイクロプス峠へ行くこととなった。


私たちは今、小舟を動かしている。

サイクロプス峠は川によって分断された小さな山だ。

王都から行くには舟を漕(こ)いで川を進み、その途中で陸に上がって登山道を歩くのが一番手っ取り早い。

標高は八〇メートル程度。

道も広く、斜度も緩やかで、大型トラックが悠々と通れるくらいの広さがある。

そこをただまっすぐ突っ切れば、サイクロプス峠の山頂……つまり聖地に辿り着く。

だが少しでも峠の中……聖地の領域内に踏み込めば、すぐさまサイクロプスが襲いかかってくる。

身の丈は三メートル、体重は四〇〇キロくらいの、筋骨隆々の恐ろしい魔物だ。ゴリラとかより強い。

「あいつらの鼻は人間と変わらないし、むしろちょっと鈍いくらいだ。だがその分、目がいい。数キロ先のものも見えるし、視野もめちゃくちゃ広い。それに魔力も目で読み取れる」

「うん」

「テリトリーに入ったら気配を隠してやり過ごそうったって無理だぜ。三〇年以上前に無殺生攻略した二人がいるが、どちらも凄まじい魔術の使い手だった」

「知ってる。公式記録に残っているのは【飛天】のアローグスと【畏怖】のカルハイン。アローグスは飛翔魔術の使い手で、魔物の頭上を飛び越えた。【畏怖】のカルハインは、王国随一の魔物避けの聖水の調合師」

「その通り」

「今みたいな文書管理が始まる前はもっといる。もちろん、逸話や伝説みたいなあやふやな巡礼者の話も多いから真に受けることはできないけれど、サイクロプス峠はその数が一番多い」

「本当によく調べてるじゃないか」

「ツキノワも詳しい。ちゃんと調べたことがないとわからないことばかり」

フェルド……通称ツキノワはよい人だ。

私がジュラのことをニッコウキスゲと呼んでいたら自分もあだ名で呼べと言ってきて、すぐさま「じゃあツキノワで」と提案したら喜んで受け入れてくれた。

「ふふん。冒険者も学が必要な時代だからな。もっと褒めろ」

「褒める前に、謝りたい。失礼なこと言ってごめんなさい」

「あー、俺が付いてこられないとか、その話か？」

「うん。それには理由が……」

と、私が説明しかけたところでツキノワは笑った。

「いいさ。失礼っちゃ失礼だが事実だ。俺はジュラより全然弱いからな」

え、そうなの？　と言いそうになったが、ここで驚くのもさらに失礼を重ねるのでぐっと我慢した。

「こう言っちゃなんだが俺は顔が良くてな」

ツキノワさんがにやっと笑う。

確かにその通りだ。オラオラ系イケメンと言って差し支えない。

しかしちょっとナルシストっぽいのは意外だ。

「お、おう」

「おっと、別に二枚目だって自慢じゃないぜ。みんながイメージする冒険者らしい顔をしてるから頼られるってことさ。ご老人にも子供にもけっこう好かれるんだぜ。でもガタイはいいから、ケンカの仲裁に俺が割って入るとみんなビビって一旦止まってくれる」

ああ、なるほど。コワモテで売ってる俳優さんみたいなものか。

そう言われるとすごく納得する。

「けどギルドの本当の実力者は、こっちの方」

と言ってツキノワはニッコウキスゲを見て微笑む。

ニッコウキスゲは照れくさいのか、そっぽを向いて「別にそんなんじゃない」とぼそりと言った。

「それをすぐに見抜いたあんたなら、何かがある。巡礼者ってのは冒険者たちのリーダーで、実力を見抜いて適切に配置するのもその仕事の一つだ。なあ、ジュラ」

めちゃめちゃ誤解されている。

強いとか弱いとかを見抜いたわけじゃないんだけどな……。

私が感じたのはニッコウキスゲの体重が軽いこと、姿勢が綺麗で背筋とか鍛えにくい箇所をちゃんと鍛えていそうなところだけだ。

「……あたしはどっちにしろ付いていくつもりだったわ。あとで死体回収の仕事を依頼されるくらいなら、いま片付けたほうが楽だからね」

　ニッコウキスゲさんからなかなかの皮肉が出てきた。だが現実問題として間違っていないし、死体はちゃんと回収してやるというこの人の無自覚な優しさは嫌いじゃない。

「……それにしても、やけに荷物の量が多いな」

「ま、いろいろと」

「秘密ってわけか」

「すぐにわかる」

「楽しみだ」

　私の言葉に、ツキノワが楽しそうに笑った。

「……で、ここからどの方向に行くんだ？　っていうか、舟を漕ぐの妙に上手いな」

「カヤックはけっこうハマった」

「なんだそりゃ」

「一人か二人が乗るくらいのちっちゃい舟。扱いが簡単だし楽しい」

「そんなのあるのか……って、そうじゃねえよ。船着き場を通り過ぎちまうぞ？　ここから先は谷になってるから、峠に入れなくなる」

「これで問題ない」

　サイクロプス峠は、峠道から見ればただの小さな山だ。ゆるやかな丘と言ってもいい。

だが、川の方から見るとまったく別の姿をさらす。

険しい岩肌が露出した、断崖絶壁である。

「このまま壁の真下に行く」

私はツキノワの物言いたげな雰囲気を無視して接岸した。

ここは断崖絶壁の真下だが、腰を下ろしたりテントを張る程度のスペースはある。

「おいおい……こんなところ登れないぞ。引き返そう」

「うん。普通に足で登れるようなところじゃない。つまり、足以外を使えば登れるということ」

私の言葉に、ツキノワがはっとした表情を浮かべた。

「オコジョ。お前さんもしかして……聖者みたいな強力な魔法が使えるのか？　飛翔のアローグスみたいに空を飛ぶとか、伝説の重力魔法で壁に立つとか」

「まさか。私は一般人。初級魔法と精霊魔法しか使えない」

「なんだ、期待しちまったじゃないか」

落胆するツキノワをスルーして、私は壁を撫でる。

でこぼこしている。

そして、ほぼ垂直という言葉があまりにも曖昧なことも理解できる。

実際のところ、八〇度から八五度くらいだ。

「この岩は火成岩。太古の昔にマグマが冷えて固まってできたもの。多分、世の中で一番多いタイプの岩」

「岩の種類なんて深く考えたことはないが……まあ、よくある岩だな」

「そこに上から水が流れて川になった。気が遠くなるくらい長く水が流れて、岩が分断されて深い溝ができた。でも地震でボコッと地面が膨れ上がったり、昔より水かさが減ったりして、深い溝が地表に出てきて谷や峠になった。つまり、今、私たちが見ている形」

「なるほどな」

「その後はどうなったと思う？」

二人に質問を投げかけた。

「……聖地になった、か？」

「そして祈りが大地の変動を鎮めたわけね。千年くらいはこの状態のままのはずよ」

ツキノワとニッコウキスゲが、私の求める答えを即座に出した。

聖地というのは、人間より上位の精霊が生み出しているらしい。大地の精霊のみならず自然界に存在する様々な精霊が、大地や海の崩壊を防ぐために数百年に一度、新たに生み出したり、あるいは消滅させたりというサイクルを繰り返している。

そして聖地に選定された場所には二つの特徴が生まれる。

一つ目は、聖地に満ちた魔力を狙って魔物が集まってくること。

二つ目は、聖地を維持しようとする力が働くことだ。

すでに存在している石段とか、自生していた木々とかは強い力で守られるが、一方で新たに立て札や山小屋を設置しようとすると、すぐに風化して消えてしまう。聖地となった瞬間の姿を維持する力が働くのだ。

「二人とも、正解」

「で、そのクイズに正解したら何があるっていうの？」

「攻略方法がわかる。聖地は落石が少なくて岩盤が安定している。クライミングスポットとして満点」

私はザックの中から、あるものを取り出した。

まずはクライミングシューズだ。登山靴とは正反対で、靴底は柔らかい。

そしてつま先がすぼまっている。

小さな岩や突起に体重をかけても滑らないようにするためのものだ。

次にヘルメット。

この世界に定着している戦士用のものよりはかなり軽い。まあ聖地においては落石の危険性は少ないので地球より重要度は減るが、どういう事故があるかはわからない。

そして制汗用のチョークの粉が入った筒だ。

腰に装備して、いつでも手にこすりつけられるようにしておく。

滝や沢などの濡れた岩を登るときはまた別なのだが、ロッククライミングは基本的に素手である。

そして最後に、秘密兵器だ。

これを作るのに時間がかかって、巡礼者デビューがかなり遅れてしまった。

秘密兵器は、とび職や、岩壁を登るクライマーが身につけるハーネスによく似ている。

だが大きく違うところもある。

本来ロープを結ぶべき腰のところに、ピンポン玉くらいの大きさの丸い宝玉がはめ込まれている。

「なんだそりゃ？」

「名付けて、ウェブビレイヤー。これはなんて言うか……救命器具とか安全装置かな。使ってみるから見てて」

靴よし。

服よし。

ヘルメットよし。

チョークよし。

ウェブビレイヤーよし。

オブザベーション……登攀（とうはん）ルートの選定よし。

あらためてすべての装備を確認して、私は小さなとっかかりに足をのせる。

摩擦はしっかり効いている。

そこを起点に膝と腰を伸ばし、腕と指を伸ばす。

見た目としてはただの壁でも、亀裂やとっかかりはたくさんある。

「えっ、はやっ」

「待て待て！　危ないぞ！」

難なく五メートルほど登った。

「で、ここから落ちる。魔力の充填も問題なし……それっ！」

そして私は、とっかかりから手と足を離した。

当然私の身体は自由に落下する。

「ばか！　怪我するよ！」

ニッコウキスゲとツキノワが、反射的に私の真下に入った。

だが私の体はそこまで落ちることはなかった。

腰の部分にある宝玉からクモの糸のようなものが飛び出して岩に張り付き、私の体をつなぎとめたのだ。

糸そのものに弾力があるので、落下の衝撃をびよんびよんと吸収してくれる。私の肉体へのダメージも少ない。いや、さすがにちょっとは負荷があるけど、怪我をするほどじゃない。

「……と、いうわけ」

糸が弾むのが収まったあたりで、今度はゆっくりと糸を伸ばして下降していく。

「つまり基本的には手と足を使って岩壁を登って……。滑ったときに、その魔道具を使って墜落を

防ぐってこと……？」


ニッコウキスゲが、口をあんぐりと開けて驚愕していた。

ツキノワも同様に驚いている。

「そんな魔道具、初めて見たぜ……。発想がやべえな……。だがこれなら確かに、無殺生攻略はできる。サイクロプスも、森の先にあるものは見えても、岩の奥にあるものは見えねえはずだし……。もしかすると、いけるんじゃないか……？」

私は二人ににっこり笑って、告げた。

「面白いでしょ？」

しかし、しみじみと思う。

これを作ったカピバラはやはりすごい。

本当は地球のクライミングで使われる器具すべてを作ってもらおうと思ったのだが、カピバラはそれらを「無理」と一蹴して独自にこれを考え出したのだ。

それは今から一ヶ月前……タタラ山登山をした直後のことだった。


タタラ山登山を終えた数日後、私は靴職人のおじいさんの工房へ向かった。

「筋肉痛治った？」

「まだちょっと響いてるわよ……ったく、無茶させてくれたわね……」

そこでは、恨めしそうな目で見てくるカピバラが待ち構えていた。

足首や膝、関節をかばっている様子はない。

悪いのは口だけのようだ。よかった。

「筋肉が痛いのはしょうがない。骨とか筋が痛むとかはない？」

「あー……そういうのはないわね。前すねと太ももとお尻と背中の筋肉は痛いけど」

「ならよし」

「よしじゃないわよ！」

「あなたの作った登山ギアが優秀な証拠。そこは誇るところ」

私の言葉におじいさんがにっこりと微笑み、カピバラがぐぬぬと悔しそうな顔をする。

「まさか竜を使わずに登るとは思いませんでした。お嬢様がこんなに健脚とは」

「大叔父様も知ってたなら教えてよね……」

靴職人のおじいさんが頭をかきながら苦笑する。

この人にも来てほしかったところだが、膝の古傷が痛んで登山は難しいらしい。

だが、カピバラの無事と靴の性能を知ると我がことのように喜んでくれた。

「それで、今作ってる道具の相談だけど……クライミングギアってできるかな？」

私の質問に、カピバラが真剣な表情を浮かべた。

おじいさんも微笑みを消し、職人の目つきになっている。

いいね。

「……あれ、本気で使う気？」

「ロッククライミングができると活動の幅が広がる。普通の巡礼とか、レベルの低い魔物の出る聖地なら今の装備でも無殺生攻略できるんだけど、クライミングって選択肢がないと難しい局面が出てくる」

「結局、欲しいわけね？」

「うん」

私の言葉に、カピバラは仕方ないとばかりに溜め息をつく。

「……一応、確認するわよ。そのクライミングとかいうのに最低限必要なのは、シューズ、ハーネス、いろんな種類のロープ、いろんな種類のカラビナ、ビレイデバイス、プロテクションね？」

「うん」

「大まかな流れとして、まずハーネス……お腹とか太ももとかに締める革ベルトにロープをつなげて、それを命綱にする。で、壁を登りながら命綱を引っかける場所をプロテクションで作って、落下事故に備えながら岩壁を登る。そういうことよね？」

「そう。岩の裂け目にプロテクションっていう金具を埋め込んで、その金具とロープを接続する。

で、ちょっと上に登ってまたプロテクションを固定してロープを引っかける。それを何度も繰り返して墜落に備えながら、壁の上まで辿り着く。これが私が想定する聖地でのクライミング」

クライミングにはいろいろな種類がある。

登るべき壁の一番上に最初からロープをくくりつけて、それを命綱として登るトップロープクライミング。

だが最初からそれができない場所では、命綱をかける場所を構築しながら登っていく。リードクライミングという方法であり、私が想定しているものだ。

また、その命綱となるロープを引っかけるのに使うのがプロテクションだ。

一番有名なのは、ハーケンという平べったいクサビみたいなものだろう。

これをハンマーで叩(たた)いて、岩の裂け目に無理矢理打ち込む。

最近は岩場の環境を守るためにそんなに使われないけど。

「今回だけは言わせて頂戴。どうかしてるわ」

「それは自分でも思う。賛同されないとは思ってた」

カピバラの言葉には一切反論できない。

まったくもってその通りだからだ。

だがカピバラは、違うと首を横に振った。

「……絶対に反対ってわけじゃない」

「あれ？　そうなの？」

「めちゃめちゃ危険なことに対して、できる限り危険を減らすっていう考えで道具を考案してるから非難しにくいわけ。道具を作る側としてね。『そこまでしてやる？』って疑問は尽きないけれど、よく考えられてると思う」

クライミングは別に、危険を誇示するためのスポーツやアクティビティではない。

知恵と道具を駆使して可能な限り危険を排除するものだ。

手足をどう動かしてどう登るかというテクニックはもちろん大事だが、安全の追求、死なないことこそクライミングにおける基本にして奥義だと私は思う。

まあ、一切の器具を使わず手と足だけで登っていくフリーソロというスタイルもあるけどさすがにやらない。怖いし。

「私はなにも危険なことがしたいわけじゃない。魔物に襲われることなく安全に攻略するにはこれが一番確実だって判断した」

「それ、半分は建前でしょ」

「……そ、そんなことはない」

「オコジョは山の頂上に行くのが大好きだから巡礼者になるんでしょ。壁を登るのだって、崇高な不殺生を貫きたいとかより、めんどくさい壁を見たら燃えてくるのよ。あんたはそーゆーやつよ」

カピバラのじっとりとした目に、ますます反論できなくなる。

「楽しいことは楽しい。でも危険に飛び込むのを一番の目的にはしていない。そもそも私の場合、魔物がいる場所に飛び込むほうが自殺行為」

私は、戦うための手段を持たない。

巡礼者は冒険者に守ってもらうものとはいえ、治癒魔法、あるいは強化魔法などでパーティーを支援することは何の問題もない。何かしら冒険者にとって役立つスキル持ちは重宝される。

だが私が持っているのは、旅や登山そのものを問題なくクリアするためのスキルばかりだ。それを考えると、いかにして「魔物との交戦を避けるか」がテーマになり、壁や崖を登るほうが安全だという局面が現れるのだ。

まあ仮に私が何かチートスキルを持っていて戦えたとしても「魔物と戦うなんて避けたほうがよいに決まってるじゃん」と思うけど。

「……それもわかるのよね。だから、その上で言うわ。ハーネスとシューズは作る。あとカラビナも……作れなくはない。だけど他のは作れない」

「作らない……じゃなくて、作れない？」

ハーネスとシューズは作れるということは、クライミングという手法に賛同できない、という意味ではなさそうだ。

「鍛冶(かじ)師が『形状を作るのが難しい』、『作れたとしても、人間一人が落ちたときの重さに耐えられない』って言うのよ。まあそれも道理だわ」

「あー、そういうこと……」

カラビナにしろ、プロテクションにしろ、前世の世界で普通に販売されていたのは現代の合金を加工する技術があればこそだ。さらにそこに、耐久テストをクリアしたものが登山ショップやクライミングギア専門店の店頭に並ぶ。

「……魔法で強化するとかは？」

「使い捨てのものをいちいち付与魔法使いに頼んでたら、いくらお金があっても足りないわよ。強化しなきゃいけない道具は何種類もあるんだし、永続的に強化できるわけでもないし。それとも、あんたが付与魔法を勉強する？　一人前になるまで何年かかるかしらね」

「むむむ……」

予算と技術の壁が立ちはだかったか。

私もさすがに、ここまで協力してくれたカピバラに『そんなこと知らない。もっと出せ』とは言えない。

それに、カピバラは金を出し渋っているわけではない。

継続が難しいという指摘なのだ。

「それに聖地では立て看板や山小屋を後から作ろうとしても、聖地の魔力がそれを弾（はじ）いてしまいます。ハーケンとやらを打ち込んでも、信頼できるほどの強度は保てません」

靴職人のおじいさんの言葉に、私は愕然（がくぜん）とした。

私としたことが、聖地の不思議パワーをすっかり忘れていた。

「それは……確かに」

「あと、これって岩壁の下で命綱を握って落下を食い止める人が必要でしょ？　あんた、わたし以外にそんな仲間いるの？」

　リードクライミングとは基本二人で行う。

　岸壁を登るリードクライマーと、カピバラの言う通り、ロープを緩めたり引っ張ったりするビレイヤーという役割に分担される。ソロで行うこともできなくはないが、レベルが段違いに上がる。

「……これから募集する感じで」

「そういうのいいから。いないわけね？」

　ぐぬぬと苦悶の表情を浮かべながら私は頷いた。

　こうなれば諦めて、普通の登山として可能な範囲で取り組むしかないか……と思ったとき、カピバラが不思議なことを言い出した。

「だから、使い捨てする必要がない一点物を用意した。ついでに一人でも活動できるようなものを」

「え？」

「多分だけど、魔法で強化されたカラビナを使い捨てたり、強化したロープを使ったりするよりはいいはずよ」

　そう言ってカピバラは木箱をテーブルの上に置いた。

その中に、虎の子の魔道具があった。

「ハーネスに、宝石がついて……って、これ、魔石!?」

魔石とは、魔法が封じ込められた石のことだ。

火の魔法を封じ込めた石を杖の先端に取り付けて「魔法使いでなくても火を放てる杖」として売ってたりする。

ただし、高い。

光を放つとか、種火を用意するといった初歩的な魔法を使うものでも五万ディナから一〇万ディナ。魔物と戦える程度に実用的なものならば最低二〇万はする。労働者の給料で換算すると一ヶ月分以上二ヶ月分未満といったところだ。

希少かつ効果が高い魔法が込められていたらその価格は青天井だ。

一〇〇〇万を超えるものも珍しくはない。

「魔石って、安くないわよね?」

「どうかしら。それはわからないわ」

「でもお高いんでしょう?」

「オコジョ、なにいきなりかしこまってるのよ? とぼけてるわけじゃなくて、高いとか安いとかの市場価値が本当にわからないのよ」

うっかり地球の定型句を口にしてしまった。

それはさておき、カピバラの言葉の真意にようやく気づいた。

「……魔法がマニアックすぎて買う人がいない？」

「そういうこと。人為的に攻撃魔法を封じ込めたのではなくて、魔物が落とした魔石なの」

「へえー」

魔物を倒すと、魔石を吐き出すことがある。

そこには魔物だけが使えるレアな魔法が封じられており、倒した冒険者が自分の武具に付けたり、オークションに出したりする。だが便利かどうかは怪しい。

「騎士団がクモの魔物の群れを倒したときに出てきたものらしいの。糸を吐き出すんだけど……って近い近い近い！　なんで顔近づけるのよ！」

「もっと詳しく教えて。手首に付けて木の枝に引っかけてジャンプしたり、敵を捕縛したりはできる？」

それはつまり。

私が愛したクモのスーパーヒーローになれるということではないか。

ニューヨークとかムンバッタンとか奥多摩のしだくら橋を縦横無尽に飛び回った、大いなる力を持ってしまったために大いなる責任を背負ったヒーローに。

「無理よ無理！　ていうか手首に付けて飛び回ったら手首折れるでしょ！」

「うっ……」

そう言われたら引き下がるしかない。

カピバラは、まったくもうと呆れながら説明を続けた。

「魔物を縛ることはできなくもないけど……爪とか牙で切断されることもあるでしょ。糸をぶつけることはできても、そこから綺麗に縛り上げるとか複雑な動きも難しいわ。ていうかもっと他にいい魔法とか魔道具があるじゃないの」

「そっか……」

いや、うん、わかってた。糸を出す能力があることに加えて、某クモヒーローは凄まじい身体能力があるからアクロバティックな動きができる、ということは。

それに糸自体に伸び縮みする弾力や重量を支えられる強度があったとしても、糸を横から断ち切ろうとする力に抗えるかどうかは別問題だ。

「吐き出された糸は魔力で作られているので、時間が経てば消えてしまうのです。それがメリットということもあるのですが、ロープがわりになるような糸が消えるのはデメリットの方が多いのでしょうな」

靴職人のおじいさんの冷静な指摘に、そりゃそうだよなと納得する。

「どれくらいもつの？」

「二〇メートルか三〇メートルといった普通のロープの長さで三〇分ほどでしょうか。ロープが伸びて体積が増えると、存在していられる時間は減るでしょう。一メートル以内の短い長さならば一日以上もつかと思いますが」

なるほど。大盤振る舞いすればすぐ消えて、ケチれば長時間もつというわけか。

「いやでも、けっこう便利だと思うけどなぁ……？　なんでこんな道具が蔵の中で眠ってるんだろ……？」

「だって、なんか中途半端だもの。魔力を惜しみなく使える天才魔法使いだったら空を飛ぶことだってできるし、重力を変化させることもできるわ」

「魔力がないなら？」

「普通は諦める。諦めない人は、魔力を伸ばすよう修行をする。そういうものよ」

「……そっか。価値観の問題か」

手と足で岩壁を登るという原始的なテクニックを突き詰める補助として魔道具を使うのは、この世界では出にくい発想なのだろう。

この世界には「より快適に、よりすごいことをしたいなら、魔力を使わなければならない」という感覚がある。

だがカピバラと靴職人のおじいさんは作り出した。

この世界特有の事情を理解し、私の願望と能力にぴたりと合致したアイテムを。

「カピバラ。おじいさん」

「なによ」

「なんでしょう？」

「グッジョブ。天才」

私は、親指を立てて二人を賞賛した。

二人は私のジェスチャーに首をひねりつつも、褒められたと受け止めて同じ仕草を返す。

残る問題は、この素敵なプレゼントがカタログスペックを発揮してくれるかどうかだが、私はサイクロプス峠に来る前に適当な岩壁で使って使って使って遊びまくって、しっかりと確認した。

そこで得た答えは言うまでもないだろう。

本番の聖地巡礼で使っているということは、そういうことだ。


「無茶苦茶だわ……」

「無茶苦茶じゃない。さっきだって五メートルくらいはすぐに登れた。万が一落ちても死ぬことはない」

私はニッコウキスゲの呟(つぶや)きを否定して、岩壁を見つめる。

川の水面から崖の先端までは八〇メートルほどだが、実際にクライミングで登らなければいけないのは五〇メートルくらいだ。上の方は傾斜が緩くなり、足の置き場も増える。もちろん油断は禁物だが。

「壁を登り切った後は、一〇〇メートルくらいダッシュすれば祈りを捧げるポイント……この峠の山頂に辿り着く。そこで祈りを捧げるのに成功したら、サイクロプスは姿を消す」

無殺生攻略は、通常の攻略では起きないことが起きる。

祈りを捧げることで一時的に魔物が消えるのだ。

登頂さえなんとかなってしまえば、下山は格段に安全になる。

「本当に無殺生攻略をすると魔物が消えるのかい？　見たことないんだけど」

「そのはず。少なくとも文献には確実に記載されているし、巡礼者協会が公式に認めてる」

「知らないうちにどっかの冒険者が峠に紛れ込んでて、サイクロプスが倒されてることもあるかもしれんぞ」

「それも問題ない。聖地で一切殺生がなかったかではなく、パーティー単位で殺生の有無を認定している。土地の精霊様がそこをちゃんと見てるらしい」

ニッコウキスゲとツキノワの質問に答える。

誰もが疑問に思うところは、私なりに調べている。

「魔物が消えるとしても、祈った直後とは限らないんじゃないか？　大事なのは魔物が消えるかじゃない。魔物の牙や爪があんたの喉元に届いちまうかどうかだ。あんたが殺された後じゃ何の意味もないんだぞ」

「それは……その通り」

無殺生攻略が成功したとして、魔物が眠るのが祈った五分後や一〇分後だったとしたら遅すぎる。ツキノワの言う通り、タッチの差で私は死ぬ。

「だから活動が一番鈍くなる時間帯を狙う」

「……早朝か」

魔物は人間や他の生物と同じく、睡眠や活動のサイクルがある。

夕方から夜にかけてがもっとも活発で、夜から朝になる瞬間がもっとも鈍い。

「一〇〇メートルの坂道をダッシュして、祈りを捧げて、またここに戻ってくる。五分もかからない。たまたまサイクロプスが近くにいたとしても木々が邪魔してくれる。そのときはすぐこっちに戻って、糸を使って下降して舟まで戻ることもできる。『上手くいくはず』をもとに計画は立ててはいない」

「ふむ。まあ、それなら……」

「ダメ」

ツキノワが納得しかけていたが、ニッコウキスゲが鋭い否定の言葉を放った。

「なぜ?」

「あたしたちは護衛に来てるのさ。巡礼者を一番危険な目に遭わせてこっちは指をくわえて見てるなんてことはできないよ」

「それはそっちの都合」

「わかってる。だからあくまでお願いとして聞いて。却下されても文句は言わない」

「なに？」

「あたしも壁を登りたい」

「おっ、お前、何言ってるんだ⁉」

ニッコウキスゲの言葉に、ツキノワが激しく驚いた。

「あたしとあんたが一緒に行動すれば、もし万が一サイクロプスと出くわしてもなんとか対処はできる。サイクロプスの一体や二体なら魔法で倒すこともできるし、殺すことなく時間を稼ぐくらいはできるさ」

「だがお前がオコジョみたいに壁登りができるってわけじゃないだろう。見たところ、オコジョはここの攻略に向けてトレーニングを積んでる。そうだよな？」

「うん」

ウェブビレイヤーをテストすると同時に、私は郊外に出て適当な岩場を探し、何度かクライミングの練習をしている。前世の感覚を完全に取り戻したわけではないが、それでもこの壁を登るくらいなら問題ない。

「オコジョは練習をして、さらにあのクモの糸みたいな魔道具があるから壁を登れるんだ。一切の補助や安全装置なしに行くのは、それこそ無茶苦茶だろうが」

「昔、騎士団にいたときに木登りとかロープ登りとかはやったよ。あとその道具、もしかして予備があるんじゃない？」

「……なんでそう思う？」

ニッコウキスゲの質問に、私は質問で返した。

「魔石が小さい。ていうか魔法自体もそこまで強力なものじゃない。だからこそ便利で応用が利くすごい代物って話だけど……それならもう一つか二つ作って、もしものために備えるもんじゃないかなって。魔石は、同じくらいのサイズの魔力を込められる石があれば複製できるんだから」

「正解」

私は、ツキノワとは別の理由で驚いていた。

こんなに思い通りに物事が進むとは思っていなかったから。

「ウェブビレイヤーだけじゃない。靴もチョークも、ちゃんともう一人分用意してる。どう言って誘おうか悩んでたから、言ってくれて助かった」

「用意周到じゃないか」

「ただし」

私は、ニッコウキスゲの目を見る。

「今回、あなたがどう動いてどう登ればいいか、一から十まで私が指示する。壁を登り切るまで、私の命令には絶対に従ってほしい。反論も許さない」

「……わかった。むしろ、そう言ってくれて助かるよ。巡礼するなら、リーダーシップは必要さ」

「よろしく。ええと……ジュラさん、だっけ？」

私はニッコウキスゲの本来の名前を呼び、握手を求めた。

「もうニッコウキスゲでいいよ。あたしもオコジョって呼ぶ」

「わかった。よろしく、ニッコウキスゲ、ツキノワ」

ニッコウキスゲが手を握り返す。

それを見たツキノワが、ホッとしたように微笑みを浮かべた。

「……なんだかようやくパーティー結成って感じだな。がんばれよニッコウキスゲ」

「あんたもあだ名で呼ぶのかい。ま、いいけどさ」

そしてツキノワとも握手をする。

こうして、サイクロプス峠の無殺生攻略が本格的に始まった。

巡礼届

ロッククライミングしてみよう

巡礼者

役割	性別	年齢	氏名

同行冒険者

役割	性別	年齢	氏名

装備・魔法等

- ☐
- ☐
- ☐
- ☐
- ☐

備考

人の命を守る仕事に憧れて騎士団に入った。

盗賊に故郷の村が襲われたとき、騎士に助けられたことがきっかけだった。田畑が焼かれて首輪をはめられ、奴隷になりそうになったギリギリのところで救われた。ほんと、白馬の王子様っているんだなって思った。王子様っていうにはちょっとイカつかったけどさ。

あたしも傷ついた誰かを救えたなら、自分の人生はきっと楽しいし満足できるって思った。

……今にして考えれば、それは本当にラッキーなことだった。そうはならなかったことの方が本当に多いと、自分も騎士になって身に染みて理解した。

盗賊に襲われた平民の救出なんて失敗の方が多いし、それだけじゃない。誰かの命を守ることが職務となることも一つのラッキーだ。戦争に駆り出されて、縁もなければ恨みもない相手と殺し合いをすることの方が遥かに多いのだから。

特に、戦争が一番激しかった一〇年前はひどいもんだった。うんざりするような仕事ばかりだった。無茶苦茶な上官の命令で死にそうになったこともあるし、まともな上官の下でも敵が強すぎたり運が悪くて死にそうになったことは何度もあった。

で、夢も憧れもすり切れた頃に戦争が終わった。高官同士が和睦して、あっという間に戦闘が停止された。

つまり、仕事がなくなった。

別方面の国との戦争もあったし、国境の警備とか盗賊退治を専門にする部隊もあったから、完全に暇になったってわけじゃない。あたしはそれなりに実績を上げていたから、子供の頃の夢を叶えられるような部署に転属を願い出ることもできたけど、なんか嫌気がさして除隊した。

傷つけられるのが嫌で、自分も他人もそうなってほしくなくて必死に戦ったけど、本末転倒になることがたくさんあるんだって今さら気づいた。誰かを助けるために戦ってたはずなのに、誰かを傷つけることに麻痺してることに気づいた。

その後は王都でなんとなく冒険者を始めた。

冒険者はいい仕事だ。魔物退治の仕事は危険だが、騎士団での経験は存分に活かせる。魔物はこっちに容赦してくれないが、こっちだって同族と戦うよりはよっぽど気が楽だ。

どこぞの商家のおばあちゃんやおじいちゃんがお金を貯めて、「人生で一度くらい巡礼をしたい」と頼み込んでくれる。命を張る甲斐がある。

もっとも、命の危機を感じるほど厳しい山に行ったことも強い魔物に出会ったこともないけど。王都周辺はサイクロプス峠以外、総じて難易度が低い。

そんな仕事を三年ほど続けて、ようやく戦争での鬱屈した気持ちが晴れてきた。冒険者仲間も増えた。バカだけど、いいやつらだ。ずっとこの仕事を続けられたらと思う。

でも最近、どうやらあたしはつまんない顔をしてることが多いらしい。フェルドからもしきりに心配されている。あたしは満足してるって言ってるのに。

「俺はともかく、お前が落ち着いて余生を送るのは早い。もう一度、夢を追いかけたっていいんじゃないのか」

そんなことを訳知り顔で言ってきて、一度ケンカになった。

ちょっと気まずい空気が流れてたところに、一人の若い女がやってきた。

しかも、無殺生攻略をしたいときたもんだ。

山や魔物をナメた小娘が、夢物語を語っているのだと思った。

どうしても行くというなら、二度と危ないことを言い出さないよう恐ろしさを思い知ってもらうのも冒険者の仕事だ。

思い知ったのは、あたしの方だった。

「一度、テストで登って、落下もしてみて。ウェブビレイヤーはあなたが落ちていくのを自動的に感じ取って糸を出してくれるけど、自分が念じて出すほうが確実」

「低い場所だからって油断しない。普通のロープだったら伸びきる前に地面に叩きつけられて怪我するリスクが高い。五センチの段差でも人は死ぬ。ウェブビレイヤーはちゃんと落下を防いでくれるけど、万が一ってことは常にあるから」

「壁を踏むとき、土踏まずとか足の裏全体を使わないこと。つま先、もしくはかかと。面じゃなくて点で立つことを意識して」

「腕の力だけで登らないで。あなたは鍛えてるぶんそれができちゃうけど、疲労したら動けなくなる。下半身の力で体を持ち上げる」

「聖地だから落石の危険は少ない。けど例外とか事故とかはいつだって起きる。私が『ラーク！』って叫んだら落石の合図。頭上に注意して」

落下したときの対処。

登るときの足のつま先から手の指先に至るまでの動かし方。

合図の出し方。

動かし方を逐一説明する。

バカみたいに丁寧だけど、それは一つ一つが命に関わるからだ。

登る練習や、落ちたときの対処などのシミュレーションを数回繰り返すと、オコジョは「本番に進もう」と言った。

どうやらあたしの技量は向こうにとってそれなりに満足できるものだったようだ。

「ニッコウキスゲ。何の心配もない。そこらの初級者より遥かに上手い」

「騎士と冒険者やってるのに才能ないって言われたら、恥ずかしくてカンバン下ろすしかないよ」

「問題は、あなたがこんなの無理じゃないかって心のどこかで思ってること」

「……悪い？」

それは、その通りだ。

壁を登るなんて方法で聖地を無殺生攻略した人間なんて聞いたことがない。

「無殺生攻略って、基本的に大魔法使いや一種の英雄の領分なんだよ。催眠魔法で魔物を眠らせる

【眠り】のゲハイムとか、世界一の脚力って言われた【脱兎】のオリーブとか」

「うん」

「あんたは……そういう人間じゃないね。やろうとしてることも違う」

「だから信じられない？」

「あんたが信じられないわけじゃない。あんたと同じことをやれば、あたしでも無殺生攻略できるってのが……感覚として納得できない」

「でも、やってみればわかる。面白い」

その言葉に、あたしは虚を衝かれた気持ちだった。

何をなすべきか、どう戦うべきか、ずっとそういう気持ちで冒険者を続けてきた。

でも騎士になったときも、冒険者になったときも、期待していたような気がする。

楽しいとか、面白いとか、そういう気持ちを。

「……あんたにはいろいろと反論したいことが山ほどあるよ。でもしないことがルールだったね」

「そういうこと」

「いろんなツッコミを棚上げしてでもこれだけは言っておく。……正直、めちゃくちゃ面白いね」

あたしの言葉に、オコジョが笑った。

普段は妙に表情が乏しい割に、こういうときは眩しいくらいに笑うやつだ。

「難しいところをクリアすれば、もっと面白い」

「壁登りじゃない、あんた自身の話だよ」

「褒め言葉として受け取っておく。……それじゃ、本番前に装備確認」

「わかったよ」

「ヘルメットよいか。ヨシ！　ウェブビレイヤーよいか。ヨシ！」

「それいちいち言うの？　騎士団の作戦行動より入念だね……」

「いちいち言わなきゃダメ。指でさして言葉にする。あなたは私の装備を確認して」

「わかったわかった。従う」

面倒くさい確認が済んだところで、オコジョはつま先がやたらキツい変な靴で岩の小さなとっかかりを踏みしめ、登り始めた。

「登攀開始します」

オコジョは、準備こそ石橋を叩いて渡るくらい慎重だったのに、いざ動き始めるとこっちが心配になるくらい速く、そして迷いがない。

ほんのちょっとの岩のとっかかりに人差し指と中指を引っかけ、あるいは五本の指でつかむように持ち、つま先で壁に立ち、すいすいと登っていく。

「おいおい……もう半分の高さに到達しちまうぞ」

フェルドがぽかんとした表情で呟く。

「……って、あれ？　おおーい！　オコジョー！」

隣にいるツキノワの大声がうるさい。だが仕方がないことだ。そろそろ声を張り上げないと聞こえない高さまでオコジョは登っている。

「どうしたの、ツキノワ！」

「お前の大荷物、半分も持ってってないぞ！　このデカいザックは下ろしたままでいいのか！」

そういえば、オコジョが持ってきた荷物はずいぶん大きかった。

ザックの大きさとあの女の身長、正直同じくらいだ。

「登り切ったら糸を垂らすから結んでほしい！　そのとき引っ張り上げる！　今はまだ使わない！」

「りょーかい！」

そしてまた、すいすいと登っていった。

あるかないかの小さな段差に体重を預け、あるいは岩の隙間(すきま)に腕を引っかけ、よどみなく上昇していく。まるでそこに道があるかのように。オコジョは恐らく、登る前からどこを登るのか頭の中で何度も検討していたのだ。

「支点確保！」

オコジョが、岸壁の最上部に辿(たど)り着いた。そこから先は壁ではなく坂だ。足で登れる位置にいる。

だがオコジョは念のためか、腰から糸を射出して岸壁と自分とをつないだ。

「ニッコウキスゲ！　次はあなたの番！」

そして、あたしが登るときが来た。

「ツキノワ！　一応こっちでも見てるけど、あなたも見てて！」

「おう！」

それなりに距離があるから見えないでしょ……と思いきや、カプレーは望遠鏡のようなものを手にしていた。準備のいいことだと思いながら、手にチョークをこすりつける。これが汗を吸収して、岩をつかんだときの滑り止めになるらしい。

「この壁の難しさは距離が長いことと、岩の陰影が見えにくいことだけ！　クラッキング、つまり岩の割れ目は適度に入ってるし、体重を預けられる凹凸もしっかり存在してる！　見せかけの難しさに騙(だま)されないで！」

「わかってる！　いくよ！」

右のつま先を岩壁のとっかかりにのせる。

両手の指先を、あるかないかの凸凹にかける。

腕力は込めるな。

体を支えるだけでいい。

そう自分に言い聞かせながら、ぐっと体を持ち上げる。

「いいよ、ニッコウキスゲ！」

「おお、やるじゃないかニッコウキスゲ」

「ツキノワ！　あんた面白がってるんじゃないよ！」

「いいじゃないか、ニッコウキスゲ」

怒鳴りながら次に行くべき場所を探す。

「もっと肘を伸ばして体を立てて！　胸を壁にべったり付けると視界が悪いし、腕の筋肉も疲労する！」

「わかってる……よっ……！」

「そう、そこでいい！　腕で持ち上げるんじゃなくて、足を使う！　足腰を使えば背筋も手も伸びる！　次は左足！」

三メートルほど登っただけで、汗が噴き出た。

体力は問題ない。

体験したことのない行為に心が緊張しているのだ。

風が吹いて、髪が皮膚に張り付く。

「そろそろチョーク使って！」

見透かされている。

単に見られているだけじゃない。

初めて壁に登った人間がどういう状況になるのか、よく理解しているのだ。

「わかった！」

「もう少し登れば大きめの足場がある！　そこで休んで！」

言われた通りに登っていく。

まだ三分の一も過ぎていない。

魔物と戦っているときよりよほど楽なはずなのに、疲労を感じている。

「すぅー……はぁー……」

深く息を吸い、そして吐く。

疲労した左手の指先をぶらぶらさせる。

それだけでも筋肉がほぐれて休むことができる。

今度は左手で体を支えて、右手をほぐす。

真下を見ると、ツキノワが手を振っている。

面白そうに笑ってやがる、くそ。

こっちの番が終わったらあいつにも登らせてやる。

そこから視線を上げれば森が広がっており、その遠くには街道が、そして街道の先には王都が見える。

巡礼者を守って山に行ったことなんて数えきれないほどあるはずなのに、まるで初めて山に来たときのような、初めて騎士になったときのような、新鮮で爽やかな気分になる。

そして上を見ると、オコジョが面白そうにこっちを眺めてる。

「何を面白がってるんだい！」

「だって、面白いでしょ！」

「まったくだよ！」

ああ、本当に面白い。

荒っぽい仕事をしてるんだからいろんな無茶はやってきたつもりだ。

無茶を言う巡礼者のお願いを聞いたことだってある。

だけど、自分が先導（リード）されてのこんな無茶は初めてだと思う。

「少し休憩！」

三分の一を登ったあたりのところに、両足をのせられる大きな岩があった。

数センチの足場に比べて、なんて頼もしいのだろうと思う。

足腰や背筋の緊張がほぐれていく。

「ふう……案外上手くいくもんだね……」

だが、まだまだ先がある。

行く先の壁を見た瞬間、次にどこに手を置いてどう壁を踏むかを考え始めた。

多分いける、いや無理だろうと、頭の中で自分自身と会話する。

「ニッコウキスゲ！　自分で登ってみたい!?」

「え……」

「そんな顔してた！」

「そこから見えるわけないだろ！」

羞恥を隠すように叫んだ。

だが図星だった。

安全を考えたら全部指示してもらうのが一番いいのはわかってる。

壁登りには何か理論に裏打ちされた技術があって、あたしはあいつに逆立ちしても勝てないド素人だってことは素直に認めなきゃいけない。

それでも、自分の決めた道を登ってみないと、追いつけない気がする。

「いいよ。ちゃんと見てる。好きに登ってみて」

「……すぐにそっちに行くよ」

「待ってる」

なんとなく、どういう形が安定するのかつかめた気がする。

普段、何気なく地面を歩くとき、面で踏みしめる。

かかとを下ろしてつま先から蹴り出すこともあれば、地面に靴底をフラットに下ろして歩くこともある。

壁は逆だ。

点で接するのが安定する。つまり、つま先だけでなんとかする。

仕事で木に登ったり、ロープにつかまったり、あるいは壁を乗り越えることはあったが、ここまで登ることだけに専念したことはない。そして登るという技術を深く意識したこともない。

だがオコジョにうるさく言われた言葉は、正しい技術なのだと体で理解できる。

「ガンバ！」

「がんばれよニッコウキスゲ！」

「うるさいよ！　見てるんじゃなかったのかい！」

「応援しないとは言ってない！」

応援を半分無視しながらつま先で岩を踏み、膝と背筋を伸ばして手を上に伸ばす。

自分で見定めたルートをしっかりと登っていく。

半分ほど登り切った。ここまで来ると、落ちたときにどういう受け身の取り方をしても無意味だ。まず死ぬ。ぞくぞくする感覚があたしに集中力を与える。

「そろそろ核心部。一番難しいところ」

カプレーの顔もよく見える距離になった。

そこまで声を張り上げなくても聞こえる。

「……ここさぁ。ほぼ垂直っていうか……垂直よりひどくない……？」

「九五度くらい？　一〇〇度とか一一〇度の壁に比べたら断然やさしい。何の問題もない」

「問題ないって言われてもね……」

「もう何回か深呼吸して。そしてよく観察して」

言われた通りに壁を見る。

ゴールは明白だ。今、オコジョが立っている場所なのだから。

そこに辿り着くにはどうすればいいかを計算する。

まっすぐ上に登ってしまえば楽だが、そうはいかない。今の自分から真上にある場所はつるりとした岩で、とっかかりがない。

少し右に迂回(うかい)すると、とっかかりは多いがサイズが小さい。足を滑らせる危険がある。

左側は少ないが、足を置きやすい。踏ん張れる箇所がいくつもある。

あたしの身長がもう少し高いなら左側を迷わず選んだだろう。

だが今は、どっちも同じくらいのリスクと難易度だ。

「具体的に、手足を置くところはイメージできる？」

「できる」

あたしは、左側のルートを選んだ。

「うん。ニッコウキスゲならそっちが正解。足の位置に気をつけて」

「具体的な置き方は教えてくれないのかい？」

「……ウェブビレイヤーを信じて」

「落ちる前提で言うのやめてよ！」

「冗談。あなたならできる。ガンバ」

左足を小さな岩に置く。

右手の人差し指と中指を小さな引っかかりに置いて体重をかけて左手を伸ばす。

体勢が少し斜めになった状態で、左手の指と手のひら全体でつかむように丸い岩を持つ。

そこから、右足を左足と同じ場所に置こうともがいた。

スペースは狭く、両足を置けるほどの広さはない。

軽くジャンプするような形で右足と左足を入れ替える。

「初心者がそのムーブするんだ。すごい」

「褒められてもなんか嬉(うれ)しくない！」

文句を返しながら呼吸を整え、そして次なる岩をつかむ。

斜めになった体をまっすぐに戻し、少しずつ上を目指す。

風が強くなってきた。

だが、あと少しだ。

核心部……この壁のもっとも難しいところは抜けた。

「ニッコウキスゲ！　チョーク！」

「あ」

言われたときには手を伸ばしていた。

汗で滑ってつかみ損ねた。

右手が空を切り、体の重心がずれる。

「おっ……落ちてたまるかっ……！」

左手に渾身の力を込めながら右手を別の岩に伸ばす。

引っかかった。

だが体全体が重力で下に引っ張られ続けて、壁からずり落ちそうになる。

反射的に膝を壁に押しつけ、全力で体を支える。

「はあっ……！　はあっ……！」

「ナイス！」

「……ごめん、油断した！」

「気にしない！　呼吸を整えて休んで！」

落ちても糸が支えてくれるとはいえ、落下への本能的な恐怖は拭えない。

強風が体から流れる汗に当たり体温を奪っているはずなのに、体の熱が消えない。

深呼吸をする。

一回や二回じゃとても足りない。

深い呼吸を重ねながら、十分くらいそこに留まっていた気がする。

「……よし。もう一度やる」

「うん。落ち着いていこう」

汗の不快さと寒さを感じてきた。

体の動揺が収まりつつある証拠だ。

改めて手にチョークをつけ、一つ一つの動作、一つ一つの岩を意識して体を動かす。

「いいよ。その調子」

オコジョの声が近づいている。

すぐそこにいることがわかる。

もう何も難しいことはない。だからこそ一つ一つ丁寧にしなければいけない。

見習いに戻ったときのようだ。

もう少しだから急ぎたいという誘惑を振り切り、小刻みに登っていく。

「ニッコウキスゲ。届いたよ」

あたしの腕を、オコジョがつかんだ。

その細い腕のどこにそんなに力があるのかと思うが、違う。

他人の手の強さを敏感に感じ取るほどの不安に苛(さいな)まれていたからだ。

壁を登るときの孤独に耐えていたから、他人のぬくもりが心地よいのだ。

「……そうだね。登り切った」

「うん」

「あたし、冒険者って巡礼者を守るために魔物とか盗賊とかと戦うのが仕事だと思ってた。ていうか今もそう思ってる。大事な仕事だよ」

「うん」

「だけど……あるんだね。こうやって、戦わずに生きる方法って」

「まあ大自然とは戦ってるけど」

「そこは頷いてよ。いい話してるんだから」

「ごめん」

あたしの憎まれ口に、オコジョは微笑みを浮かべながら謝る。

ちょっと怒りたくなるが、その手のぬくもり確かさに許してやろうという気持ちになる。

「……恨んだり恨まれたりからは、ちょっと離れられる気はするかな。山も壁も、優しくはないし、油断してる人には容赦しないけど……。でも、憎んだりはしない。自分が優しくなれる気がする」

「そうだね」

「引っ張り上げるよ」

「頼んだ、オコジョ」

引っ張り上げてもらった先は傾斜がゆるくなっており、つま先ではなく靴底で踏みしめることができるポイントだった。とはいえ油断していたら滑り落ちることはある。オコジョと同じように糸を射出して自分の体を保持する。

「オコジョ、これでいい？」

「ＯＫ。確保完了だね。問題なし」

安心すると同時に、どっと肩に疲れが宿った。

「到着おめでとう、ニッコウキスゲ」

「……楽勝だったさ」

「でしょ？」

虚勢を張っていることなどわかっているだろうに、オコジョは頷いて親指を立てた。

「それ、どういう意味？」

「よくやったってこと。グッジョブ」

「こう？」

真似をして親指を立てる。

「おおーい！　よくやった！　でかした！」

下ではツキノワが我が事のように喜んでいる。

観戦気分を決め込んで、まったくずるいったらありゃしない。

「あとでツキノワにも登ってもらおう」

「いいね、それ」

二人でくっくと笑いあった。

しばらく、笑いの波は引かなかった。

だけどこの瞬間、あたしはオコジョのヤバさと自然の恐ろしさを、まだ思い知っていなかった。

「ところで、すぐ上に行くんだろ？　いつまでもここにいるわけにもいかないし」

「え？」

「え？」

オコジョが首をかしげた。

首をかしげる意味がわからず、あたしも首をかしげる。

なんだろう。

絶妙に、何かがかみ合っていない。

「早朝に行動開始って言わなかったっけ？」

「そういえばそうだったっけ……。いやでも、もう崖の上に辿り着いちゃったじゃん？」

「うん。だから泊まろう」

「泊まるって……野営道具も何もないし、ここは断崖絶壁だし……。もっと上に登ったらサイクロプスのテリトリーだよ」

「大丈夫。ツキノワー！　私のザックに、あなたの分の食料が入ってる！　それだけ抜き取って！」

「おう！　それだけか!?」

「それができたら、ザックを上まで運びたい！　糸を垂らすからザックを結びつけて！」

「了解！」

オコジョがツキノワに呼びかけると、ツキノワは了解と手を振る。

「糸が壁につかないよう、粘着力は消してる！　結び方とか大丈夫!?」

「問題ない！　ロープワークくらい冒険者の基本だ！」

ツキノワが大きな円筒形のザックに糸を結びつけた。

そしてオコジョが少しずつ糸を短くしてザックを引っ張り上げていく。

「……岩にこすれて破けるんじゃないの？」

「大丈夫。こうやって運搬するのを想定してる。上側は摩擦に耐えられるようカバーをかけてる」

「へえ……」

雑談している間に、ザックがここに辿り着いた。

そういえばこのウェブビレイヤーって、糸を複数出したり、宝玉から切り離して使ったりできるんだ……などと、どうでもよいことをあたしは考えていた。この先どうするか予想もつかず、すっとぼけたことを考えるしかなかった。

「このザックの中には食料とか、ミニ祭壇とか、野営に必要なものがいろいろと入ってる。今、組み立てるから」

「組み立てる？」

猛烈に嫌な予感がしてきた。

何がどうとは言えないが、恐らく、まともなことではない。

あたしの恐怖などそっちのけでオコジョは何かを組み立てている。

それが何を目的とするかはわからないが、形としては簡単だ。

パイプを組み合わせて細長い四角形を作り、そこに分厚い布をぴんと張っている。

何かに例えるならば、凧。

または、上下左右のすべてを枠で囲っている旗。

「これ、ポータレッジっていってさ」

「ポータレッジ」

一番嫌な例えとしては、布張りのベッド。

もしくは、ハンモック。

「支点はこのへんがいいかな……」

オコジョは組み立て終わったポータレッジとやらを、ウェブビレイヤーの糸三本使って岩と結びつける。さらにはウェブビレイヤーとは別のロープをそのへんの岩に結んで固定し、ポータレッジをつなぐ。落下しないよう入念に固定しているのがわかる。

「それ、なに？」

「ポータレッジ」

「だから、ポータレッジって、なに」

「なんていうか……今日のホテル？　ここに寝袋を敷いて、寝て、夜明け前に起きる」

オコジョが淡々と、悪夢のような一言を放った。

正気を疑いたいところだが……というか実際に疑っているが、問題は正気かどうかではない。

こいつが本気かどうかだ。

「つまりあんたは、断崖絶壁の上にベッドを吊り下げて、そこで寝ると」

「私がここに寝る、じゃなくて、私たちがここに寝る」

「ウッソでしょ」

風がびゅうと吹いてあたしの冷や汗に当たり、体温を容赦なく奪う。

寒い。

いろんな意味で寒い。

「狭いのはごめん。我慢してほしい」

「狭いとかって問題じゃないよ!?　マジで言ってんの!?　落ちたら死ぬよ!?」

「大丈夫。人間は五センチの段差で死ぬ。つまり五センチも八〇メートルも同じくらい危険。高さや段差に注意しなきゃいけないってことの本質は何も変わらない」

「何もかも変わるよ！」

「本当に変わらない。壁は聖地の魔力で守られてて崩落する危険はない。糸は太く短く作ったから、耐荷重二トンはある。旅人向けの安宿とか騎士団の寮とかの、何十年も使ってるオンボロ多段ベッドとかよりは遥かに安全」

「そ、そうかもしれないけど！　寝返りを打ってずり落ちたらどうするのさ！」

「ウェブビレイヤーから出ている糸は消さない。ポータレッジとは別の場所の岩とつないでおいて、仮にポータレッジからずり落ちても命綱としてちゃんと支えてくれる」

まずい。反論の要素が潰されていく。

こいつは万全を期してシミュレートした上で、常軌を逸したとんでもない行動に出るタイプだ。

そこらの無鉄砲な冒険者よりある意味厄介だ。

「ポータレッジも魔性の木を削り出してるから軽くて丈夫。それに」

「それに、なに」

「こんな景色を見られるホテル。世界のどこにもない」

オコジョが、見てごらんと言わんばかりに空に手を伸ばす。

「見晴らしのいい宿はいくらでもあるだろうけど……まあ……」

ちらりと下を見る。

そこではサイクロプス峠の下を川が悠々と流れ、海へとつながっている。

農村の田畑や森が広がっている。

魔物が巣くう聖地の間近でありながら、人々の営みが見える。

鳥のように空を飛び、すべてを俯瞰しているような錯覚。

実際、宙に浮いているといえば確かに浮いているので錯覚とは言いがたい。

ただ高いとか、見晴らしがいいだけでは得られない、痺(しび)れるような爽快感がここにはある。こんなことをしているのは自分たちだけだという冒険者の本懐。

正直、ちょっと悔しい。

ただ強い魔物を倒したとか、レベルの高い聖地を攻略したとか、わかりやすい難しさに挑戦するだけでは得られない本当の冒険に、登録したての巡礼者に連れてきてもらっている。

「世界のどこにもないって言われたら……その通りだよ……」

あたしの敗北宣言に、オコジョがにかっと笑った。

日が沈むと同時に私たちは就寝した。
ニッコウキスゲは予想以上にタフだった。初めてのクライミングでしっかり登り切った上に、ポータレッジかベキャンも渋々ながら納得してくれた。どうしても無理と言われたら、下りてからの再挑戦も視野に入れていた。
とはいえ、二人並んで寝るにあたりさすがに慣れてない人に断崖絶壁側に寝かせるのは可哀想(かわいそう)だ。壁に近いほうはニッコウキスゲに譲って、私は外側で寝ている。ツキノワは川岸にいたが、増水に備えて反対側の岸に移動してもらった。

彼は私たちのかべキャンを見て爆笑していたが、ちょっと羨ましそうだった。安心してほしい。後でちゃんとこの景色を堪能させてあげるので。

「快眠……とはいかないけど、そこそこ寝られたかな」

そして、夜明け前に目を覚ました。

まだ空は暗く、星々が見える。空の下では荒涼さと神秘が混ざり合ったタタラ山の景色とは異なる、豊穣を感じさせる農村の緑一色がまだすやすやと眠っていた。

「んむ……さむ……」

ふぁーあと間の抜けた声が隣から響いた。

「……オコジョ。もうそろそろ？」

「日の出まではもうちょっと。コーヒーでも飲もう」

「あたしがやるよ。種火の魔法じゃなくて、お湯を直接つくるほうがいい。まだ明かりは出さないで」

「わかった。お願い」

ニッコウキスゲは魔法がいろいろと使えるようだ。助かる。

お湯を直接生み出す魔法は、火属性だけではなく水属性の魔法もある程度熟練していないと難しいのだ。

私はニッコウキスゲが魔法を使っている横で、ザックから豆の入った瓶を取り出して小型のコーヒーミルで挽く。

「え、なにそれ？」

「コーヒーミル。こっちの方が簡単だし豆の味が引き立つ」

この世界には、コーヒーはあるがコーヒーミルがない。

薬研、またはすり鉢のようなもので潰すのが一般的である。だがそれらを持っていくのはめんどくさいし重い。

そんな愚痴からカピバラとモノ作りの話題に発展し、カピバラが木工職人と鍛冶職人に依頼して部品を作り、コーヒーミルを作ってしまった。

「へぇー……」

ニッコウキスゲからお湯を受け取り、カップ二つ分にコーヒーを淹れる。

そして私特製エナジーバーを添えてニッコウキスゲに差し出した。

「美味いじゃないか」

「でしょ」

静かにコーヒーと食事を楽しんだ。

やがて、東の空に朝日が現れた。ほんの少しだけ顔を覗かせただけで景色が一変していく。光に照らされて農村から煮炊きの煙が立ち上っていくのが見える。

米粒のような大きさで、街道を行く人がかすかに見える。向こうからはこちらのことはわからないだろう。もし見えたら、私たちは何と言われるだろうか。それを想像するだけでちょっと面白い。

だが、その面白さに浸っている時間はない。

「ニッコウキスゲ」

「わかってる。行こう、オコジョ」

朝日の訪れと共に、山頂へと挑む。

片道一〇分の山道を駆け上がり、祈りを捧(ささ)げる。

ただそれだけのことだ。

それでも、ここからが本当の核心部だ。


ニッコウキスゲが私の前を走る。

さすがはプロの冒険者だ。機敏で、傾斜のきつい森の中でも動きに迷いがない。

だが、五〇メートルほど走ったあたりで、咆哮(ほうこう)が鳴り響いた。

「ぐるぅうううぅぉおおおおおお！！！！！」

お腹の底に反響するような恐怖の声。

いや、声と認識するのも難しい。

まるで大いなる稲妻のようだ。

「オコジョ！　やっこさんに気づかれたよ！　急いで！」

「わかった！」

ここはすでにサイクロプスのテリトリーの中だ。

一つ目の大鬼の目は森を見通し、私たちの存在に気づいた。

だが、音の発生源は遠い。

私たちの方が山頂により近い。

「もう少しで開けたところに出る！　先に行くよ！」

「あ、ニッコウキスゲ！」

「わかってる！　なるべく殺さない！　でもあんたの命が最優先！」

そうじゃなくて一人でサイクロプスに勝てるのかと聞きたかった。

だがニッコウキスゲの背中に、一切の不安も迷いもない。

強い魔法使いだという話はツキノワから聞かされているが、私はまだその実力のほどを目にしたわけじゃない。

だが、ここまできたら信じるしかないのも事実だ。

「よし、森を出たよ！　オコジョ！」

地図上では山頂部の祠（ほこら）はすぐそこのはずだ。

峠道は広く、それこそ身の丈三メートルのサイクロプスが余裕で通行できるほどらしい。

森を抜けた瞬間、祠が目に入った。

岩石をくりぬいて作ったミニチュアの神殿のような場所の中に、太陽神を擬人化した女神像が置かれている。そして女神像は太陽をモチーフにした丸い石を大事そうに抱えている。ここに間違いない。

そして目的地を見ると同時に、見たくもないもの……サイクロプスたちの姿も目に入ってきた。

魔物を見たのは初めてではないけれど、実際に目にするサイクロプスは想像以上に恐ろしい。

「海と空が結ばれる果てより来たる風よ、樹木をしならせ枝葉を刃と化せ！　【風神結界】！」

だが、彼らはこちらへと進むことはできなかった。

サイクロプスたちの目の前では風が舞い、地面に落ちていた枝や葉が飛び交っている。

少しでも触れた瞬間にばっさりと斬られ、そして風圧によって弾き飛ばされている。

さすがにサイクロプスを倒すには至らないし倒されては困るが、強力無比には違いない。

まさしく呪文の通り、風による結界だ。

「えっ、すご」

普通こんなことはできない。

クライミングも初チャレンジで登り切ったし、もしかしてニッコウキスゲは強いどころかすごく優秀な魔法使いなのでは。

「こらオコジョ、ぼーっと見てるんじゃないよ！　ずっと防げるわけじゃないんだ！」

「おっと、ごめん！」

私は駆け足で祠に辿り着き、跪いた。

「いと高きにおわします太陽神ソルズロアよ。寄る辺なき空の寒さにその御心が凍てつくことのなきよう我らが日々の歓喜と哀切の薪を捧げます。そして神の愛が炎となり空と海と大地をあまねく照らし、我らの小さな営みをお守りくださるよう切にお祈り申し上げます」

ふう、噛まずに言えた。

焦ってる状況で祈りの言葉を唱えようとすると間違えるんだよね。

そんな安堵の息を漏らした瞬間、祠が私の祈りに応え、輝き始めた。

「これが……無殺生攻略の光……」

花火のように激しい輝きが空に昇り、そしてこの聖地全体に降り注ぐ。

清浄な魔力が大地に満ちる。

この世界において太陽は東から昇って西へ沈むし、一日は二四時間だし、春夏秋冬の季節もある。

ということは地軸の傾きや星の大きさは地球とあんまり変わらないのだろう。

だが文明の変化の速さや年月への感覚は大きく異なる。国は一〇〇年くらいで勃興と崩壊を繰り返したりせず、五〇〇年とか一〇〇〇年とか平気で続いている。もちろんダメダメな破綻国家もあるのだろうが、多分、前世の世界より少ない。

その理由は恐らく、この巡礼によるものだ。

大地震や噴火といった天変地異が少ないのであれば社会は安定し、そして科学技術の発達の歩みは遅くなる。

神様なのか何なのかはわからないが、その人はお節介なくらい優しいのだろうな。

つっけんどんな地球も嫌いじゃないが、一応私は今、この世界の一員なのだ。

しっかり祈るので、甘えさせてください。

祈りの言葉のように、あなたにも温もりがありますように。

「これが無殺生攻略か……普通の巡礼じゃこんな風にはならないよ……。ここまで眩しいの祈りの光、あたしは初めて見た」

「ニッコウキスゲ。魔物は？」

「見てごらん。無殺生攻略をしたら魔物が沈静化するって、こういうことだったんだね」

ニッコウキスゲが指さす方向では、サイクロプスたちが眠るように倒れている。

そして少しずつ塵になるように消えていく。

数分もすれば、そこには何もなかったのように空白だけが残った。

「……終わった」

ひどくあっさりとしたものだった。

恐ろしい魔物がこんなにも跡形もなく消えるのは、心が付いていけない。

いいの？　本当に大丈夫？　という気分になる。

「なにしけた顔してるの。もっと喜びな」

「あ、うん」

「……ここは元々、旅人が使う峠道だったみたいね。魔物が消えるとよくわかる」

そう言われて、ようやく景色を見る余裕が出てきた。

道は綺麗だ。

しっかりと地ならしされていて、岩が転がっていることもない。

サイクロプスはさぞ歩きやすかったことだろう。

祠の近くにはテーブルと椅子がある。

テーブルは丸太をそのまま板にしただけの簡素なものだ。椅子もほぼ丸太を横に切っただけで、もはや切り株と変わらない。だがそこではきっと、旅人が足を休めていたのだろう。

峠道はほぼまっすぐで、ふもとから丸見えだ。

街から街、国から国への旅の途上で、当たり前に存在する場所が、時を止められたかのような静寂に満ちている。

私はなぜか、悲しさと温かみの両方を感じた。

「……ありがとうございました」

自然と口から感謝の言葉が出てきた。

こうして、私の初めての巡礼が終わった。

巡礼届

サイクロプス峠からの凱旋

巡礼者

役割	性別	年齢	氏名

同行冒険者

役割	性別	年齢	氏名

装備・魔法等

- □
- □
- □
- □
- □

備考

壁に戻ってポータレッジを外し、ザックに収納する。

そして壁の上から下まで、懸垂下降で一気に降りる。

懸垂下降とは特殊部隊とかレスキュー隊がビルの上からロープで降りる方法だが、クライミングで飛び跳ねるように降りるとさすがに危ない。ロープを使って体を支えながらゆっくり壁を後ろ歩きする……という感じになる。

下ではツキノワが待っていた。

留守番させたことを詫びると「待つのも仕事さ」と気にしないでくれた。

「とりあえず飯にしようぜ。腹が減っちまった」

ツキノワは暇潰しがてら、魚を釣ってくれていた。

グッジョブ、ツキノワ。

焚き火をおこしてご飯を炊きながら、魚は塩焼きにする。

野趣に溢れた朝食だ。

「美味い。これ、イワナ？」

「おう。このへんは釣り人も多いんだぜ」

「ツキノワ、あんた冒険者やるよりも釣りやってるほうが上手くいくんじゃないの」

どこかフルーティーな香りがするヤマメも美味しいが、ザ・魚！　という野趣を楽しむならばイワナだと思う。

焼いているときは川魚らしいクセのある芳香を感じさせつつも、かじりつけば上品で淡泊な味わいが楽しめて、そのギャップがたまらない。また、香ばしく焼き上がった皮がいいアクセントになっている。カリッと焼けたところ好き。

あと、釣れたてで締めたばかりの魚は身離れがいい。串に刺した身にガブッとかじりついても骨がスッと離れてくれるので、ちまちましたストレスを感じることなく食べられる。思わず二匹食べてしまった。

「日本酒があれば骨酒（こつざけ）を楽しめたけどな……」

「骨酒？　なんだそりゃ？」

「米から作った酒で、イワナとかの魚の骨を軽く煮出して飲む」

「なにそれ美味（うま）そう。だが米酒（こめざけ）はもっと北に行かないと手に入らないんだよな……。あ、いや、ないとは限らんな」

「え、あるの⁉」

「ああ。今は時期じゃないから普通には売ってないが、酒好きやどっかの酒場は隠し持ってるかもしれんぞ。探ってみるか」

「朝っぱらから何を言ってるんだい。あんたたちおっさんくさい」

「お前だってエールには目がないじゃねえか。こないだだって酔っ払ってコレットちゃんにウザ絡みしてただろうが」

食後にはお礼を兼ねてコーヒーを淹れて、そしてデザート代わりにエナジーバーを配った。

「なんかいろいろと用意してもらって悪いな。つーか美味いな、このエナジーバーとかいうやつ」

「気にしないで。食事の準備は本来、ポーターとか巡礼者の仕事。こっちこそ魚釣ってくれて助かった」

「むしろこれくらいしとかないと、本当に俺が付いてきた意味がないしな。がはは！」

「大丈夫。ちゃんとツキノワも攻略できるよう指導する。二人だけで攻略したんじゃなくて、三人で攻略したら帰ろう」

「そうだね、せっかく来たんだからあんたもやってきな」

「えっ」

こうして、ツキノワのクライミング特訓が始まった。

三回落ちたが、なんとかツキノワも無事に崖を登り切ることができた。

二度とクライミングなんかやらないからな！　という言葉は聞き流した。


ツキノワが壁を登り切った後、祠の前で休憩することにした。

「死ぬかと思ったぜ、まったく」

ツキノワが消耗した顔で溜め息をつく。

だが普通の人ならもう二の腕と背中がパンパンになって疲労困憊で倒れかねない。

登り切った後に脱いだ鎧を再び身につけられるのだから、ツキノワもしっかりと体を鍛えている。

「全然問題ない。適性がある。懸垂下降もやっとこう」

「はいはい、ありがとよ……。しかしサイクロプスのいないサイクロプス峠なんざ、初めての光景だな……」

ツキノワが不思議そうに周囲を見渡す。

ニッコウキスゲはさっさと去りたいようで、どこかそわそわした雰囲気だった。

「これ大丈夫だろうね？　本当に一匹もいない？」

「明日の朝までは絶対に現れない。……とはいえ、記録を読んだだけだけど」

「なんか不安だね……。ここに居続けるのも薄気味悪いし、そろそろ帰ろ……」

「いや、まだだ」

ツキノワがなぜか反対した。

「なんでよ。帰って休みたいんだけど」

「無殺生攻略できるなんて半信半疑だったからすっかり忘れてたが……今はチャンスだ。遺品の捜索ができる」

「あ！　そうか！」

ニッコウキスゲが驚きの声を上げた。

あれ？　でも聖地って、後から物を持ち込んでも弾かれるんじゃなかったっけ。

「……遺品って残ってるもんなの？」

私の質問に、ツキノワが頷いた。

「異物は聖地から弾き出されるのが原則だ。だが誰かが魔物に殺されたり滑落して死んだりしたとき、鎧や剣、肌身離さず持ってたものは、外に弾き飛ばすまで相当時間がかかるらしい。死体が風化しても、そこに人間の念や魔力が残留してるせいで押し出しにくいんだと」

「そういうこと。立て札とかを突き刺してもすぐにポロッと抜けちゃうけど、遺品は時間がかかるのさ」

「へえ……それは知らなかった」

ツキノワとニッコウキスゲの解説に、なるほどと頷く。

「しかもそうなる過程で、聖地は中間の集積所や倉庫みたいなのを作る。そこを見つけちまえば、ここで死んだ人間の忘れ形見を一気に回収できるってわけだ」

そうか……遺品を集めて持って帰ることができるなら、遺族は喜ぶだろう。

だがその一方で、ちょっとだけ思った。

ここ、サイクロプス峠を訪れるのは基本的にそれ相応の実力者であり、身につけているものも質の良いもののはずだ。

そんな人たちの遺品が集まっているとしたら、宝の山……もはや宝物庫なのでは⁉　と。

だがさすがに不謹慎すぎる。

人の想いが詰まっている遺品なのだから、厳かな態度でいなければ。

「オコジョ。こういう話は不謹慎かもしれないが、お前は宝物庫を見つけたようなもんだ」

「それ言いかけたけど不謹慎だと思ってやめたやつ」

「……今のセリフやり直していいか？」

「悪気がないのはわかる。話を進めよう」

「オコジョは別にいいのさ。あんたにとっちゃ縁もゆかりもない冒険者の遺品だからね。不謹慎なのはこいつだけ」

ニッコウキスゲがツキノワを指さして呆れる。

「そうは言うが、純然たる事実なんだから仕方ねえじゃねえか」

「言い方ってもんがあるだろ」

「それはほんとすまん」

宝物庫を見つけたという言葉に嘘はなさそうだ。

ニッコウキスゲもそこを否定してはいない。

「……正直、お金は欲しい。喉から手が出るほど欲しい」

「そりゃそうだ」

ぶっちゃけた話、めちゃめちゃ欲しいです。

今はカピバラに甘えまくっているが、それにも限度はある。

ていうかこんな素晴らしい道具を作ってくれた以上はいずれ報酬という形で報いたい。

「でも、高値をつけて売り払うことを目的にしたくない。山に残されたものを遺族が欲しがるのは当然のこと。死体回収さえできず遺品もろくになくて、残された家族のつらさはよくわかる」

「オコジョ……」

「……そうだな。あんたに付いてきてよかったよ」

ニッコウキスゲとツキノワが、しみじみと頷く。

「そんなわけで、お金のことは後で考えるとして、遺品回収は賛成。あと、遺骨とかあったら持って帰ったほうがいいの？」

私の質問に、ツキノワが渋い顔を浮かべた。

「それができればいいんだが……残ってないと思う。金属ならともかく、死体とか食料とかはすぐに風化しちまうし」

「そっか……」

自然に還ったなら仕方がない。

それも一つの供養の形と思うしかないだろう。

「……じゃあ、遺品だけでも探して持って帰ろう。待ってる人がきっといる」

「だね。さっさとやろう。量が多いと日が暮れちゃう」

「馬車を借りて往復しなきゃいけなくなるかもしれないな。急ごう」

こうして私たちは、サイクロプス峠攻略の後始末に取りかかった。


俗に言う『宝物庫』はすぐに見つかった。

過去に休憩所があったとおぼしき建物がそのまま倉庫のようになっていて、剣や盾、鎧や杖(つえ)、指輪などの宝飾品、そして冒険者たちを識別するためのネームタグが乱雑に転がっていた。

それらすべてを回収して冒険者ギルドへと戻ると、多くの冒険者たちが、そして私が初めて来たときはいなかった巡礼者とおぼしき面々が、何か聞きたそうな顔をしていた。

結果がどうなったのかを知りたいという顔ではない。

無殺生攻略による祈りの光の力は驚くほど眩(まぶ)しかった。

おそらく王都からも観測できたはずで、ここにも情報は届いているだろう。

だから彼らは、いったいどんな手段でやったのかという答え合わせを求めている。

「おいおい、驚かせてやろうと思ったのに、もう結果がわかってるって顔じゃないか。なあオコジョ、ニッコウキスゲ」

「風情がないね、まったく」

「どうせみんな飽きる。まだまだ攻略するところはたくさんあるんだから」

そう言うと、ツキノワとニッコウキスゲがにやっと笑う。

本当は周囲の人に先日の無礼な態度を謝ろうと思っていたが、ツキノワたちから止められていた。

「初めて来たときと同じでいい。強気な態度でいろ」とアドバイスを受けていた。

理由はいくつかある。

サイクロプス峠を無殺生攻略したとなると、その実力を目当てに「巡礼者に頼ろうとする冒険者」が数多く現れるだろうと言われた。実力を認めてくれるならば問題ないのだが、中には仕事をせずに分け前だけを要求するダメ冒険者もいるらしく、巡礼者が甘いと侮られるのは避けたほうがよいと忠告されていた。

だがそれよりも大事なのは、私の真似をする人間が現れないようにすること。仮に現れるとしても、それなりに実力が確かな人間でなければならない。

巡礼者は冒険者ギルドに報告書を出さなければならず、報告書を出さなければ攻略についての報酬が出ない。だから私がどのように攻略したか……つまりクライミングをしたという情報はいずれ共有される。そのときに「あいつだからできたことだとわからせろ」「誰もできないことをやった自覚を持て」と二人に言われて、私は素直に納得した。

普通の登山ならいくらでも真似してくれて問題ないしむしろ嬉しいのだが、クライミング、そして沢登りや冬山登山については半端に真似されたら死人が出かねない。

クライミングをやりたいならまず、ボルダリング教室や岩山講習会に行ったりして、指導者から教えを受けようね。

「知っての通り、臨時パーティー『オコジョ隊』はサイクロプス峠を無殺生攻略した！　リーダーのオコジョは、峠道を通らずに断崖絶壁を登り切って、見事にサイクロプスどもを欺いて祈りを天に届けさせた！」

なんか勝手にパーティー名決められてるんですけど!?

抗議の目線をツキノワに送るが、ツキノワは意図が通じないのか「任せとけ」とウインクをした。

くそう、チャーミングなやつだ。

「断崖絶壁を登った!?」

「嘘つけ、あんなところ人が登れるか！」

冒険者たちからヤジが飛んでくるが、ツキノワが笑ってスルーした。

「俺たちは確かにそれを見届けた！　祈りの光が空に上がったのを見たやつもいるだろう！　なあニッコウキスゲ……じゃなくてジュラ」

「ああ、間違いないよ。こいつは確かに登り切った。正気を疑ったけど、いや今でも疑ってるけど、こいつは誰も見たことのないやり方でやりきったよ。その証拠に、祈りの光が輝いたのは王都からでも見えただろ」

ニッコウキスゲの言葉に、ヤジを飛ばしていた連中が黙った。

「それは……」

「た、確かにそうだが」

「フェルドが言うならともかく、ジュラが言うなら本当なんだろう」

「フェルドが言うならともかくってなんだよ！　俺は正直者だぞ！」

「お前は図体と顔の割に口八丁手八丁じゃねえか！」

「そうだそうだ！」

ツキノワの愛されぶりにちょっと笑ってしまう。

彼はクライミングもできたし力持ちだとは思うが、交渉の上手さの方が認められているようだ。

「でもよぉ、魔法とか魔道具とかあるんじゃないか。教えてくれよ」

「他人のスキルを根掘り葉掘り聞くんじゃないよ。そこは自分で考えな」

「うっ……」

「まあ、何もないとは言わないけれど、一番大事なのはオコジョがきっちり鍛えて技術も磨いてるってことさ」

ニッコウキスゲの言葉に、情報を探り出そうとしていた男が黙る。

ちょっと気まずい空気が流れてどうしようかと思っていたら、以前私と口論になった受付の女の子が私たちの前に進み出てきた。

この子にだけはしっかりと謝らないと……と思っていたが、彼女の方は喜色満面であった。

「と、ともかくです！　無殺生攻略おめでとうございます！　サイクロプス峠の無殺生攻略が出たのは三〇年以上ぶりの快挙です！」

おおー、というどよめきがギルド内に広がる。

「しかも初めての巡礼でサイクロプス峠を無殺生攻略したなんて、恐らく記録上初めてですよ！というかA級難易度がデビューってこと自体が異例すぎて……もう何が何だかわかりませんよぅ！」

「へえー、そうなんだ」

そういえば難易度の格付けとかあったっけな。

サイクロプスのスペックはちゃんと調べたけど難易度の格付けは気にしなかった。魔物とどう戦うかではなく、どう避けるかが問題だったし。

「そうなんだじゃないですよ！　大ニュースなんです！　おめでとうございます！　おめでとうございます！」

バンザイワッショイと喜ばんばかりの受付の子のテンションが周囲に広がっていく。

よくわからないテンションにあてられて酒を飲み始める者まで現れた。

というかツキノワが飲んでいる。

まったく、遺品の確認など仕事は残ってるというのに。

困ったものだと、ニッコウキスゲと目を合わせて苦笑した。

ひとまず騒ぎが落ち着いたところで、ツキノワが何人かを呼び出した。

付き合いで一杯飲んだだけで、残っている仕事のことはちゃんと覚えていたようだ。

「アスガード、コールマン、ティナ……あとコレットちゃん、ちょっと来てくれ。あとそこの一番大きいテーブルを空けてほしい。荷物を並べたい」

「はい？　お荷物？」

コレットちゃんというのは受付の女の子の名だったはず。

他の名前はわからないが、ここの仲間のようだ。

冒険者の男性二人と、恐らく私と同業の巡礼者の女の子であった。

「なんだよ、フェルド。自慢話なら付き合うが酒くらい奢(おご)れよ」

「そうだそうだ。景気良さそうで羨(うらや)ましいぜ」

「せやせや。ちっとくらい分配しいや」

三人の冗談めいた文句に対し、ツキノワは真面目な顔で答えた。

「これは真面目な話だ。まず、荷馬車から荷物を下ろして、テーブルに広げたい。お前ら三人は手伝ってくれ。コレットちゃんはその確認作業を頼む」

「いくら大成功したからって人を顎(あご)で使うなよ」

「旅商人の落としもんでも拾ったんか？　あたいがポーターだからって、仕事でもない他人の荷を預けられても……」

「……他人の荷物じゃないとしたら、どうするんだい？」

ニッコウキスゲが意味深な言葉を投げかける。

三人は全員、疑問符が浮かんでるような顔をしていたが、すぐに神妙な顔つきになった。何かに気づいたようだ。

「お前たちもしかして……アレを見つけたのか……？」

アスガードと呼ばれた中年の冒険者が、恐る恐る問いかけた。

「まずは物を確かめてからだ。それじゃ、荷物を運び入れるぞ」

実は、「宝物庫」の遺品回収はけっこうな重労働だった。

小舟にそのまま載せたら沈没しかねないとわかって、大急ぎで王都に戻って荷馬車を借りてきて往復し、ようやく冒険者ギルドに帰還できたというところだった。朝方から回収作業をしていたというのに、もうすぐ日が沈む時間である。

コレットちゃんが暗くなりつつあるのを察してランプを灯(とも)すと、温かみのある光が木のテーブルを照らす。

「開けるぞ」

回収品が破損しないように、木箱に藁束を詰めてそこに収納し、蓋を釘で打って厳重に梱包した。

それを今、バールでこじ開けている。

箱の一番上にあったのは、布でくるまれた剣だ。

布を開くと錆びきった短剣がでてきた。

だが飾りや埋め込まれた魔石の輝きは鈍っていない。

それを見てアスガードさんが驚愕した。

「これは、夢幻の短剣……！　リーダーの愛剣だ……これで俺たちを守ってたんだ……もう一〇年も前なのに……よくぞ残っててくれた」

そして剣の横にも布でくるまれたものがある。

そこには消しゴムくらいの小さな金属片が大量にあった。

こちらも錆びていて状態は悪いが、刻まれた文字は問題なく読める。

ツキノワがその一枚を手に取って、コールマンさんに渡した。

「これ、親父のネームタグだ……あそこで死んだって聞いて、何度探しに行っても見つからなかった……そうか、やはり宝物庫に行ってたんだな……」

さらに取り出したのは、杖だ。

こちらも木製の部分はボロボロで今にも崩れ落ちそうだが、先端と石突の金属部は形を保っている。ティナさんが奪い取るように杖を持ち、金属部に刻まれた名前を見た瞬間、嗚咽し始めた。

「……巡礼者だった姉ちゃんの杖や……。あたし、姉ちゃんより一回りも年上になっちゃったやないの……」

大人たちがしんみりとした空気の中、思い出に浸ったり、あるいは声を上げて泣いている。なんかもらい泣きしてる冒険者も現れた。

なんでも、サイクロプス峠の宝物庫はここ一〇年以上、発見されていなかったらしい。

サイクロプスが恐ろしく強いために、力で一掃することは難しい。

ここでの遺品を回収しようと試みた者はいるが、誰も成功していなかった。

無殺生攻略によってサイクロプスが一掃され、初めて宝物庫の場所に到達することができた……というわけだ。

「……オコジョさん。あんた、オコジョさんでええんやな？」

涙を拭（ぬぐ）いながら遺品を見つめていたティナさんが、私の方に向き直った。

「あ、まあ、本名はカプレーだけど、巡礼者としてはその名前で通そうかなって」

「頼むオコジョさん……！　言い値でいい、何が何でも金は用意する！　この杖、譲れってくれ……！」

そして、がばっと平伏した。

待って待って待って。

そういうの頼んでないから。

「お、俺も買う！　頼む！」

「いくらだ！」

「お、落ち着いてほしい。その話をするためにコレットチャンさんとあなたたちを呼んだ。ちゃんと相場や規定を確認して、その上で譲りたい」

「あのぅ……私、コレットって名前で、みんなからコレットちゃんって呼ばれてるだけですけど……」

　と、コレットちゃんがおずおずと訂正した。

「ごめん、コレットちゃん。というわけで、よろしくお願いします」

「え、えーと、査定というか鑑定すればいいんですよね……？」

「うん」

「え、えーと、まず聖地で亡くなられた方の所有物に関してですが……基本的に、発見者、そして亡くなられた方のご家族の双方に所有権がございます。ですので、お金に換えて両者とも半額ずつ受け取るか、どちらかが買い取ってどちらかがお金を受け取ることになります」

「なるほど」

「所有者にご存命の家族がいない場合や、一〇〇年以上前に所有者が死亡したと判断できるものは一〇〇パーセント発見者のものです」

「ほうほう」

「それ以外のもの……そもそも所有者がわからないものや、ご家族がご存命かわからないものについては、まずギルドでお預かりして調査いたします。まあ、所有者不明で発見者のものになることが多いのですけど」

遺失物と同じく一割の謝礼とかでいいんだけどなぁ……と思うが、聖地巡礼は大きな危険が伴う。冒険者という仕事は「危険に見合った報酬がある」という保証を誰かがしなくては成り立たないのだろう。

「うん。まあ、わかった」

「では具体的に、こちら三つの遺品の処理のお話に移ります。ネームタグについては申し訳ございませんが、一律一〇〇〇ディナの報酬のみです。こちらは冒険者ネームタグも冒険者や巡礼者として登録するときの保証金で作られているので、ご遺族の負担はございません」

それはそうだろう。

死体の身元を確認するための名札のようなもので、これそのものに価値があるわけではない。ていうかお金をもらうこと自体に申し訳なささえ感じる。

「それと杖ですが……こちらはソルズロア教の神官見習いに支給されるものでして市場価値はありません。名前も彫られていますし、ネームタグと同じような扱いになるかなと思います」

なるほど、短剣以外の分についてはこれといった価値はなさそうだ。

むしろその結果に私はホッとした。面倒な交渉をする必要もなさそうだし、気持ちよく譲り渡すことができそうだ。

「というわけで、報酬はギルドからもらう。どうぞ持っていって」

「いやしかし、もう少しお礼をさせてほしいんだが……」

「そうそう。タダでもらったら女がすたるわ」

二人はなんだか納得してくれなさそうだ。

だが私だってこれで儲けるつもりなどない。

「私はしばらくここを拠点に巡礼者を続けていくつもりだし、無殺生攻略にチャレンジする。今回は私の技能でなんとかなったけど、土地勘のある人の経験が生きるパターンもあるはず。私が困ったとき、借りを返してほしい。それじゃダメ？」

「コールマン、ティナ。借りを作ったってことでいいじゃねえか」

ツキノワが二人の肩をポンと叩く。

それでようやく二人は納得し、ネームタグと杖を受け取ってくれた。

「わかった。受け取るよ。本当にありがとう……おふくろが喜ぶ」

「オコジョさん、本当にありがとうな……」

二人がまた泣きながらお礼を告げる。

みんな泣かないで。

ほんと、偶然手に入っただけなのでそんなに感謝されても困る。

そんな困った私を察したのか、ニッコウキスゲが大きなジョッキになみなみとエールをついで二人に渡した。そして二人の肩を叩きながら別のテーブルへと移動させる。グッジョノ、ニッコウキスゲ。

彼女は口調こそちょっと荒っぽいし皮肉屋なところがあるが、こういう生き死にの話だとすごく優しい。最初に話しかけてきた冒険者が彼女でよかった。

「さて、残るは……夢幻の短剣だな」

ツキノワが、テーブルに置かれている高そうな短剣をちらりと見る。

魔石が埋め込まれた武器は、総じて高い。

剣が錆びていてもそこだけ交換すればまだまだ使えるわけで、市場価値はそんなに下がったりはしない。少々緊張しながら私はコレットちゃんに尋ねた。

「コレットちゃん。この短剣っておいくら？」

「……これは、ええと」

コレットちゃんは即答しなかった。

告げることが申し訳ないとでもいうような雰囲気だ。

「構わない。言ってくれ」

アスガードさんが、どこか緊張しながら言った。

コレットちゃんもまた緊張しながら、指を一本立てる。

口で説明する勇気がないということだ。

となると一万ディナや一〇万ディナではあるまい。

「それは……一〇〇万ディナってこと？」

私の問いかけに、コレットちゃんは首を横に振った。

「いえ……一〇〇〇万ディナですぅ……」

「ウッソでしょ」

さすがに私も唖然とした。

だがコレットちゃんは至って正気である。

ていうか唖然としてるのは私だけだ。

短剣を見て懐かしんでいた冒険者も、ツキノワやニッコウキスゲも、「仕方ない」という諦めの表情をしていた。

「いえ、本当です。この『夢幻の短剣』は、高名な魔道具職人によるものとして有名でして……魔道具としての力、希少性、美術品としての評価の三拍子が揃った逸品です。完璧な状態であれば二五〇〇万ディナくらいはいっていたかと……」

「うわぁ……」

コレットちゃんの冷静かつ端的な説明に、こっちが戦慄してしまう。

「魔道具として見たときは問題ないのですが、刀身としては状態があまりにひどく、美術品としての価値はありません。柄は一見綺麗ですが純正部品ではなく別の職人が後で交換補修したもののようで、こちらも残念ながら評価不能です。ですので実用品の魔道具として算定するしかなく、大幅な減額となっております」

「それでも一〇〇〇万ディナするんだ……」

「強力な魔道具ですので……。効果としましては、所有者の姿を消すことができます。もっとも効果時間は短く、一般人で五秒ほど。魔力に優れた人でも最大三〇秒ほどでしょうか。なお姿を消すというのは視覚情報のみでして、匂いや音までは消せません」

一瞬、微妙かな……って思ったが、よく考えたらそんなことはない。

その一瞬が生死を分ける場面は確実にある。

特に、聖地の攻略という危ない仕事をしているのであれば。

致命的な攻撃を避けるとか、必殺の一撃を放つとか、ここぞというタイミングで強力なパワーを発揮するだろう。

「あたしも昔、ツキノワから聞いたことがある。腕利きの冒険者が使ってた最高の魔道具だったけど、サイクロプス峠で依頼人と新人を守るために命を落としたって……」

ニッコウキスゲの言葉に、冒険者が頷いた。

「ああ。そのときは運悪く、魔物が活性化する魔の新月だった。勝てるはずの魔物にも勝てなくて、リーダーが身を挺して守ってくれた。……フェルドにも話してたが、覚えててくれたんだな」

「偶然だよ」

ツキノワが、気にするなとばかりに肩をすくめる。

「恩に着る。……それで、オコジョさん」

冒険者……確かアスガードさんとか言ったっけ。

白髪交じりの剣客みたいなベテランの雰囲気を漂わせるおじさんに下手に出られると、こっちが緊張してしまう。

「え、えーと、買い取りたいって話……ですよね？」

「いや。残念だがそんなに金は持ってなくてな」

まあ、そりゃそうだ。

一〇〇〇万ディナをキャッシュでポンと出せる人は冒険者などやってはいない。

そして恐らく、この人は夢幻の短剣の持ち主の家族や親戚というわけでもなさそうだ。

「俺が駆け出しだった頃のパーティーリーダー、夢幻のレンドルは天涯孤独だった。調べればすぐにわかるだろうが、これはあんたの持ち物になるだろう」

お、重い……。

短剣の重みに耐えきれない気がする。

この人、半分もらってくれないかなぁと思ったが、彼の要求はもっともっと謙虚なものだった。

「それで本題だ。魔法が込められた魔石以外の部分を売ってくれ。コレットちゃん、相場としてどれくらいになる？」

「魔石を外した後の短剣については、恐らく一〇万ディナ程度ですね。あくまで魔法が込められているのは魔石ですし、短剣には魔石に込められた魔力の漏出を防いだり、簡単な安全装置が付いているだけですので。アスガードさんのご提案を抜きにしても、刀剣部分は新たに作り直すほうが正解かと思います」

コレットちゃんの話に、冒険者さんが頷く。

正直まるっとプレゼントしたいくらいだが、見つけたなりの責任があるし、彼もそこまでは望まないだろう。

「わかりました。それでは短剣部分はお譲りします」

「ありがとう。オコジョさん」

商談成立だ。私と冒険者は固い握手を交わした。

「扱いには注意してくれ。俺も若い頃に使わせてもらったことがあるが癖のある魔道具だからな」

「それは確かに……。悪用するつもりはないけど」

無殺生攻略にはすごく役立ちそうだが、売るのも手だ。

ただどういう形にするにせよ注意しなければいけない。

これを盗もうとする人も現れるかもしれないし。

「ちなみに、暗殺や泥棒には使えないぜ。人を攻撃したり金を盗んだりすると、魔法が解除された上に自分の体が光を放つ。魔道具の職人はこんなもの作っといて悪用されたくはなかったみたいでな」

なんかスマホの盗撮防止機能みたいだな。

だがそういう機能があるのはむしろホッとする。

誰かに売り渡して悪用されるのも、自分が使ってあらぬ疑いを招くこともありえそうだし。

「とりあえず、一番価値がありそうなものはなんとかなりそうだな」

「他にもいろいろと細かいものはあるけどね」

ツキノワとニッコウキスゲが、残る遺品を見て少し疲れた表情を見せた。

正直なことを言うと、ごめん、一つ一つが重い。

遺族たちの感情に向き合って遺品を処理したいし、粗雑に扱いたくもない。けどそれは当然ながら緊張するし疲れる。もうちょっと時間をかけてやりたい。

「……明日にしない？」

「そうだな……」

「そうしよう。あたしも寝たい。コレットちゃん、悪いけどここの倉庫で預かってくれるかな？」

「私としても助かります。もうそろそろ閉める時間なので……」

みんな、どこか虚脱した顔をしていた。

気ままに宴会モードに入っている他の冒険者たちがちょっと羨ましい。

まったく、こっちだって気ままに酒呑み話や自慢話だけで終わりたいものだ。

……と、自慢話といえば。

あの子にしてあげる約束だったたっけ。

「あ、えっと、アスガードさん。これ、一日だけ使わせてもらってもいい？」

「夢幻の短剣か？　そりゃあんたのものだから構わないが……」

アスガードさんが、首をかしげつつも同意してくれた。

「友達一人だけには教えておきたい。攻略のための装備や魔道具を作ってもらってる人で、この短剣のことも相談しておきたくて。魔石を外したり分解したりもしなきゃいけないし」

「あんまり見せびらかさないほうがいいとは思うが……魔道具を扱える職人なら大丈夫か。使い方も教えとこう」

やった！

金額の高さにビビっていたし、来歴を考えると大事に扱うべきものだ。

だがそれはそれとして、ニューギアを試す瞬間はいつだって心ときめく。

そして何度か練習してコツをつかんだところで、私はとある場所へと向かった。

ウェブビレイヤーと夢幻の短剣があると、ちょっといけないことができる。

大邸宅の塀を乗り越えるとか。

見回りの人間がいる場所を通り抜けるとか。

屋敷の壁をよじ登って、目的の部屋の窓ガラスの前に辿り着くとか。

夢幻の短剣は、現金を盗むような行動を取ったり人に斬りつけると警告が出て隠れるどころか逆に発光して目立ってしまう。だが、逆に言えば「ただ隠れて移動するだけ」であれば問題なく効果を発揮する。気分はスパイアクションの主人公だ。

で、そんなスニーキングミッションの舞台はというと、以前も訪れたガルデナス家の邸宅である。

もちろん、カピバラに会いに来た。

なんとなく、むしょうに会いたくなった。

普通に正門から行ってもこの時間なら追い返されるし迷惑になるだろう。

だからといってこんなアーバンクライミングをしてよいかというとよくないのだが。

カピバラの部屋がどこにあるのかは以前ちらっと聞いている。

確か、西側の端っこだったたっけ……って思ったら、まだ起きていて本を読んでいる。

カーテンも閉めていないので、何をしているのか外から丸わかりだ。

遊びに行っても問題ない。ヨシ！

「カピバラ、ちょっとちょっと」

窓ガラスをコンコンと、小さくノックする。

カピバラは、きょろきょろと部屋の周囲を見回す。

だが気のせいかと思ったのか座り直した。

仕方なくもう一度ノックする。

あれぇ？　みたいな表情でまた周囲を見回し、ふと窓に目をやってようやく私に気づいた。

「やほ」

「……ぇあ？」

変な声がカピバラの口から漏れ出た。

「来ちゃった」

「ばっ、バカ！　オコジョ！　何やってんのよ！」

「カピバラ、声が大きい」

「あっ」

カピバラが思わず口を塞（ふさ）いだ。

そして無言で私を部屋の中に招き入れ、バタンと窓を閉じ、ジャジャッとカーテンを閉める。

「お姉様、どうかしましたー？」

すると、部屋をノックして誰かが声をかけてきた。

カピバラの妹とかだろうか。

「な、なんでもないわ！」

動揺してうわずった声でカピバラが答えた。

いかにも何かあったと言ってるようなものだ。

「なんかオコジョがどうとか言ってましたけど、動物でも紛れ込んだのですか？」

「そ、そうよ！　オコジョかハクビシンだったかしらね!?　ちゃんと追っ払ったわ！」

「ネズミかハクビシンでしょ……オコジョなんているわけないじゃないですか。なんでもいいですけど、お母様のインコが襲われないよう気をつけてくださいまし」

ふぁーあと、眠そうなあくびをしながら妹ちゃんらしき人物はカピバラの部屋の前から去っていったようだ。

危機は去った。よかった。

「よかったよかったみたいな顔してるんじゃないわよ……！」

「ご、ごめん」

左右のほっぺを引っ張られる。

いや、さすがにこれは私が悪かった。

聖地を攻略して冒険者たちに大絶賛されたテンションのまま、ちょっとした暴挙をやらかしてしまった。

「で、どうしたのよいったい……」

「生きて帰ってきた。だから、自慢話をしてあげようと思って」

「普通の時間に、普通に遊びに来なさいよ……」

はぁ、と呆れながらカピバラは私を椅子に座るよう促した。

「で……怪我(けが)はない？」

「ない」

「ほんと？　痛いの我慢とかしてない？　……って、あんた、手がめちゃめちゃ荒れてるじゃないの。クライミングした後、クリームも何も塗ってないでしょ。もうちょっと気を使いなさいよまったく」

ボルダリングやクライミングをすると、驚くほど手が荒れる。

いやもう、これでもかってくらい荒れまくる。

当たり前といえば当たり前だ。手を乾燥させるチョークをつけまくって、さらにざらついた岩に指を引っかけて渾身(こんしん)の力を込めるのだから、荒れないはずがない。ボルダリング選手はもはや指の指紋が消えて、スマホの指紋認証が使えないのが悩みだったりする。

カピバラは私の手を見ただけで私が何をやってきたのかを悟った。

その鋭さが今は心地よい。

「……ありがと」

カピバラがむんずと私の手を取り、クリームを塗る。

別にそのくらい自分でやるからいいのにと思ったが、流れに身を任せた。

「手荒れ用のクリームなんて日焼け止めより遥かに安いわよ」

「クリームだけじゃない」

「常日頃の感謝を思うなら普段からもっと殊勝にしてよね」

「善処する」

「しない人のセリフよ、それは。……で、どうだった？」

カピバラの顔には、好奇心が隠しきれていない。

今日が終わってしまう前に、その顔が見たかった。

「最高だった。煩雑なロープワークを省略できるから、五〇メートルの岩壁を一気に登れるしいろいろとギアも持ち込める。ポータレッジの寝心地もばっちり。他にもいろいろあってさ……」

そして私は、ウェブビレイヤーやポータレッジの性能を褒め称えた。

本当にあれは素晴らしいものだ。

カピバラには感謝してもしきれない。

また、夢幻の短剣も素晴らしいものだ。

魔石を取り外してレインウェアやザックに取り付けたり、自分なりにカスタマイズすればきっといろんなことができると話す。

増えた仲間も信頼できる人たちだ。

早くカピバラに引き合わせたい。

そうだ、彼らの靴も作ろう。

山歩きをする人間ならすぐにカピバラの靴の価値はわかる。

他にも話したいことが山ほどある。

あるはずなのに。

途中で何も言えなくなった。

「オコジョ。手、震えてるわ」

「風邪引いたかな」

「ばか。そうじゃないわよ」

カピバラが私の手をぎゅっと握りしめた。

「サイクロプスなんて恐ろしい魔物を見て、怖くないはずがないじゃない」

カピバラの言葉で思い出した。

雷鳴のごときサイクロプスの咆吼（ほうこう）が、今も体の奥底を震わせていることに。

いつまでもいつまでも微細な振動を続ける音叉（おんさ）のように、骨が、神経が、心が恐怖によって長く長く震えている。

美しい光景と達成感で塗り潰（つぶ）していたけれど、カピバラの前に来てようやくそれを自覚した。

怖かった。

本当は、ちょっとだけ……いや、とてもとても、怖かった。

「……だって」

「だっても何もないわよ。怖いものは怖いに決まってるでしょ」

「だって、リーダーだった。仲間が付いてきてくれたから、怖くて逃げたいとか、言えなかった」

「そういうことこそ言わなきゃダメじゃない。言いにくいことをずけずけと言うのがあんたのいいところじゃないの」

「うん」

カピバラの手のじんわりとした温もりが、私の震えを鎮めていく。

震える音叉や弦に触れると音が途切れるように、恐怖がぴたりと止む。

「カピバラ。魔物は怖い。山も怖い」

「うん」

「だけど、美しかったよ。山も、聖地の祈りの光も」

「うん」

「それをあなたに伝えたかった。あと、ちゃんと無事に帰ってきた」

「当たり前よ。これからもそうしなさい」

「そうする……」

震えが鎮まった体は、休息を欲していた。

緊張が切れて脱力した私の体は、もはや立つどころか椅子に座っていることさえ困難だった。

「え？　ちょ、ちょっと、ここで寝ないでよ……！」

「ごめん、もう無理。やっぱりテン泊とかポータレッジ泊は完全には休まらない」

「いやそれはわかるけど！　あーもう……！　いびきかかないでよね、バレたら面倒なんだから……！」

「善処するぅ……」

気づけば私はカピバラのベッドの半分を占領することになった。

自分が無意識に移動したのかと思いきや、カピバラが寝かせてくれたようだ。

深い深い眠りが訪れる。

もしかしたら、両親が生きていた頃以来かもしれない。

こうして私の初めての大冒険は、友達のベッドで終わりを迎えたのだった。

巡礼届

そしてまた一歩を

巡礼者

役割	性別	年齢	氏名

同行冒険者

役割	性別	年齢	氏名

装備・魔法等

- □
- □
- □
- □
- □

備考

カピバラショップを訪れていた少女は、店員の言葉に困惑した。

「えっと……聖女様とカピバラ様が、よい子……？」

それは、まるで自慢の孫の話をしているかのようだった。

その偉業の大きさと店員の語る人となりがまるで結びつかない。

だが少女はふと気づいた。

よい子だという話に首をひねる仕草をするのは、そこそこ失礼なことだと。

「あ、いや、違うって言ってるわけじゃなくてですね、その、あの」

「いえ、こちらこそ突然妙な話をしてしまいました。ところでそろそろ靴をお試しになってはいかがですか？」

その困惑に気分を害した様子もなく、店員が微笑（ほほえ）みながら靴を指し示した。

「あっ、そ、そうだった！　すみません！」

少女は店員に促されて厚手の靴下を履き、モデル『マーガレット』に足を入れる。

普通の靴より足首は動かしにくいし重いが、靴の内側も靴下もしっかりと足を包んでくれる。

「靴紐（くつひも）はこうして結べば簡単には解（ほど）けません」

よどみない手つきで店員が少女の靴紐を結ぶ。

固く結ばれているが、痛くはない。温かく心強いものを少女は感じた。

「歩いてみたいな……」

「もちろんです。試し歩き用の坂道がありますから、どうぞこちらへ」

「え？」

少女が店員に案内されて付いていくと、そこには山道があった。

といっても長さは二メートル程度、起伏は五〇センチ未満の、ごく小規模のものだ。

試し履きした靴で歩くため、山の地形を模した坂道を店内に用意しているのだ。ごつごつした岩が埋め込まれた緩やかな坂になっている。

「どうぞ、歩いてみてください。不安でしたら手すりにつかまっても大丈夫ですので」

「あ、はい！」

少女はおっかなびっくりにその坂道を歩いた。というか歩かされた。

不整地など歩き慣れているはずなのに、「買ってもいない靴で無茶はできない」という気持ちが少女の体を強ばらせる。

「おじいさん、ちょっといい？」

慎重に坂道を歩いていると、黒い髪をした、涼やかな美人が店員に声をかけた。

「おお……戻られておいでしたか……。ご無事で何よりです。仰っていただければ迎えに行きましたのに」

老齢の店員は、その美人の来訪にひどく驚いている様子だった。

誰だろうと思いながらも、少女は坂道を一歩一歩歩く。

「忙しい人の邪魔はしたくない……って思ったけど、結局邪魔しちゃったかな。ごめんね」

その涼やかな美人の謝罪は、少女にも向けられたものだった。

「い、いいえ、お気になさらず！」

「ああ、そうだ。でしたらこちらのお客様のご対応をお願いできますか？　靴の試し履きをされておりまして」

「ん、わかった」

黒髪の美人は端的に頷（うなず）き、少女のそばに来た。

不思議な人だと少女は思った。

年上のような落ち着きもあるし、年下のような無垢（むく）さもある。

「履き心地、どう？」

「え、えっと、悪くない……と思います」

「小指のあたり狭いとか緩いとかない？　狭い分には調整できるしワイドサイズもある。遠慮なく言って」

「大丈夫です。多分、ぴったりです」

「じゃあ、ちょっと歩いてみようか」

そう言われても、と少女は思う。

このでこぼこした人工の山道は、思ったよりも傾斜がきつく岩の配置もなんだか意地悪だ。妙な怖さがある。綺麗でお洒落な店の中で、ここだけが浮いている。

「えっと、その……」

「怖い？」

少女は、その質問に羞恥で顔を赤らめた。

「このお店、試し歩き用の坂道はかなり大きく作ってる。やっぱりちゃんと歩いた実感が湧くくらいじゃないとわからないから。慣れてない人だとちょっと怖いくらいに設定してるんだ」

少女はそんな意地が悪い話をされても困ると思った一方で、不思議と、美人の言葉が耳からすうっと頭に入っていた。

「山は慣れてるんですけど、怖いです。転んで怪我をしたことがあって……」

「なら、なおさら怖がるのは間違ってないよ。そういう気持ちを持ち続けるのが大事」

こういう風に助言されることを楽しみにしていたような、不思議な感覚だった。

「下りるときは、おっかなびっくりに腰を引かないこと。それと靴底全体をベタッと地面に下ろす感じで」

「はい……！」

「そうそう、上手い。カピバラより上手い」

なぜこの人の言葉がすんなりと理解できるのだろうかと少女は疑問に思った。

だがその答えはすぐにわかった。

聖女オコジョの自叙伝や登山記録に、似たような言葉がよく出てくるからだ。少女が頭の中でイメージしている聖女の歩く姿と、この美人が語る歩き方は、きっとよく似ていると思った。

「そういえば、あなたはなんて名前？」

「モンブランです」

少女は、自分の名前を少々恥ずかしく思っていた。

どこかの異国の言葉で、白い貴婦人という意味らしい。この国ではあまりない名前なので、名前負けしているといつも感じていた。

「……そっか。あなたのこと、どこかで見たことがあると思ってた」

「へ？　あ、えっと、もしかして……火守城（ひもり）のお客様だったりしますか？」

少女の両親は、タタラ山で山小屋を管理する仕事をしていた。

今は少女だけが山を下りて寄宿舎生活をしながら学校に通っているが、山小屋にいたころはよく両親の手伝いをしていたものだった。

その割に、山歩きに苦手意識を持っていた。今どきの流儀（スタイル）の登山はほぼ知らない。

昔、うっかり一人で山小屋の外を出歩いたときに遭難しかけて、山がトラウマになってしまったからだ。

そして山の恐ろしさをよく知るがゆえに、天魔峰（てんまほう）を踏破した聖女に誰より強くあこがれていた。

「うん。大きくなったね」

その慈愛に満ちた言葉に、少女は嬉しさと気まずさが入り混じった表情を浮かべた。

恐怖を克服し、夢とあこがれへの一歩を確かに踏み出せた、そんな気がした。

一方で幼くやんちゃだった頃にどんなことを言ったのか自分では覚えてもいないのに、相手はきっと覚えていることがひどく恥ずかしかった。穴があったら入りたいような心境だった。

「えっと……ごめんなさい。私、全然覚えてなくって……」

「いいよいいよ。お客さんはたくさんいただろうしね。でも、感慨深いなぁ」

「あ、ありがとうございます。ところであなたのお名前を……」

「こらオコジョ！　天使回廊攻略の打ち合わせするって言ったのあんたでしょ！　油売ってないで早く来なさいよ！　大叔父様もオコジョのこと甘やかさないの！」

「あ、しまった」

話の途中で、優雅な金色の髪をした美人がのっしのっしとやってくる。

黒髪の美人の方はといえば、まるで悪戯を発見された子供のような表情を浮かべていた。

そして老齢の店員は、申し訳なさそうに頭を下げているが、どこかこの状況を楽しんでるような気配があった。

「油は売ってない。靴を売っている」

「あ、あら、お客様？　ごめんなさいね驚かせて。ゆっくり見ていってね」

二人のやりとりを見て、少女は唐突に思い出した。

そういえば、こんな二人組を幼い頃に見かけたような気がする。

天魔峰に行くと言って周囲を驚かせた巡礼者が、あのとき確かにいた。

そこから二人は様々な旅を成し遂げて、やがて夢を叶えたのだ。

「あ、あの……私も、山に登りたくて……お二人みたいになりたくて……！」

突き動かされるように、少女は二人に呼びかけた。

突然の決意表明など笑われるかもしれないと思いながらも、言わずにはいられなかった。

「うん。やってみようよ」

「そうね、やってみるといいわ」

二人は、祝福するように頷いた。

誰かが一歩を踏み出すことを、我がことのように誇らしげに。

OKOJO & CAPYBARA
OKOJO & CAPYBARA

最強ポーター令嬢は好き勝手に山で遊ぶ

～「どこにでもいるつまらない女」と言われたので、誰も辿り着けない場所に行く面白い女になってみた～

巡礼者用品総合ブランド

『オコジョ＆カピバラ』

のお店のロゴを**特別公開♪**

OKOJO & CAPYBARA

最強ポーター令嬢は好き勝手に山で遊ぶ ～「どこにでもいるつまらない女」と言われたので、誰も辿り着けない場所に行く面白い女になってみた～ 1

2024年9月25日　初版第一刷発行

著者　富士伸太
発行者　山下直久
発行　株式会社KADOKAWA
〒102-8177　東京都千代田区富士見2-13-3
0570-002-301（ナビダイヤル）
印刷・製本　株式会社広済堂ネクスト
ISBN 978-4-04-684050-9 C0093

企画　株式会社フロンティアワークス
担当編集　齊藤かれん（株式会社フロンティアワークス）
ブックデザイン　AFTERGLOW
デザインフォーマット　AFTERGLOW
イラスト　みちのく.

本シリーズは「小説家になろう」（https://syosetu.com/）初出の作品を加筆の上書籍化したものです。

ファンレター、作品のご感想をお待ちしています

宛先　〒102-8177　東京都千代田区富士見2-13-3
株式会社 KADOKAWA　MFブックス編集部気付
「富士伸太先生」係「みちのく. 先生」係

https://kdq.jp/mfb
パスワード
za8ek

二次元コードまたはURLをご利用の上
右記のパスワードを入力してアンケートにご協力ください。

● PC・スマートフォンにも対応しております（一部対応していない機種もございます）。
●アンケートにご協力頂きますと、作者書き下ろしの「こぼれ話」がWEBで読めます。
●サイトにアクセスする際や、登録・メール送信時にかかる通信費はご負担ください。
● 2024年9月時点の情報です。やむを得ない事情により公開を中断・終了する場合があります。